CE QUE DIT LUCIE

De la même autrice

Que va-t-on faire de Knut Hamsun ?
Robert Laffont, 2018

Fiction & Cie

Christine Barthe

CE QUE DIT LUCIE

ROMAN

Seuil

57, rue Gaston-Tessier, Paris XIXe

COLLECTION
« Fiction & Cie »
fondée par Denis Roche
dirigée par Bernard Comment

ISBN 978-2-02-156610-9

www.seuil.com

À David, Natacha, Matthieu,
mes trois lumières

L'eau est tout et tout retourne dans l'eau.

Thalès

Je glisse lentement vers le fond de la piscine, c'est si calme ici. Mes yeux sont grands ouverts, il n'y a pas de bruit, seule une vibration me parvient, ce pourrait être un chant, un langage que je ne connais pas et cependant il m'est familier. J'ai six ans, je me sens bien, je vois tout, et même, même, je pourrais presque respirer, il manque peu de chose, je pourrais y arriver, en m'habituant. L'eau est douce, mon corps je le sens à peine, mes cheveux se déploient, ma tête est allégée, je ressens de la quiétude, de l'entente, une union. L'eau s'unit à moi, m'accueille dans mon entièreté, je me laisse couler sans résistance, dans le confort de ce coussin moelleux, transparent, au discours sans mots. Je me sens bien sous l'eau. Je voudrais tellement respirer et continuer mon chemin, vers le grand bain, ce n'est pas si loin, je pourrais me mettre en mouvement, parcourir la distance, bouger mes bras, il me suffit d'une impulsion, ma volonté. Une forme s'avance vers moi, je la regarde venir, c'est une personne mais cela pourrait être un poisson, une étoile de mer, un hippocampe. Une main épaisse enserre mon petit poignet et d'un coup je me retrouve à la surface. Tout de suite le bruit déchire mes tympans. Ma mère et mon grand-père sont debout au bord du bassin, ils parlent fort, pointent mes flotteurs oubliés avant que je me mette à l'eau. Je ne me rappelle pas ma réaction face au chambardement autour de moi, je n'ai pas l'impression d'avoir eu besoin de respirer à pleins poumons une fois à l'air libre. Ce dont je me souviens c'est la béatitude sous l'eau, la félicité, la gratitude éprouvées.

Depuis mon enfance, depuis que j'ai coulé, je rêve souvent que je nage dans la mer, sous l'eau, et que je respire, je respire tellement bien, c'est d'une simplicité et d'une fluidité étonnantes, jouissives, personne ne me dit comment faire, à quel rythme, personne ne me dit ce qui est bon ou mauvais pour moi, une fois dans l'eau je le sais déjà, je le sens, c'est inné, je suis un animal. Je nage, la lumière et le bleu du ciel plongent avec moi, le jour entre à travers les flots, je suis en vie d'une autre manière, plus simple et plus intense à la fois. Il n'y a pas besoin de compréhension mentale, tout est intégré sans explication, sans raisonnement, non pas que les mots ne servent à rien, je peux les formuler dans ma tête, mais ils ne correspondent pas à ce que je ressens, à ce que je vis sous l'eau, à mon âme de baigneuse, d'algue, de corail ou de poisson aux écailles colorées. Les mots ne peuvent calquer ce monde sans barrières, cette étendue qui ressemble à l'infini et qui pourtant se finit, sur la roche, le sable, au pied d'une falaise ou dans un port. Alors les mots se taisent.

L'eau prend la forme de toute entité qui s'y plonge, elle l'accueille, l'accompagne, ne l'oblige à rien, la laisse se mouvoir, lui offre la possibilité d'apprendre quelque chose sur elle-même et sur cet héritage qui l'entoure, dans le silence et l'ondulation de sa source. L'eau s'élève en vapeur dans le ciel, revient en gouttes de pluie à la terre et allaite ses profondeurs. Sans le cycle de l'eau tout serait sec et mort. L'eau nourrit tout ce qu'elle touche, elle est débordante de fertilité, s'écoule par les rivières et les fleuves, elle tombe du ciel, presque divine, on craint souvent qu'elle ne vienne pas, on la guette, on la prie, on la maudit quand elle est chargée d'une trop grande énergie, d'une intensité si puissante qu'elle dévaste tout sur son passage, elle fait peur alors, les larmes des êtres humains se mélangent à elle quand soudain ils sont trop petits face à sa grandeur, et qu'ils en meurent. On la prie, de tout son cœur, lorsqu'elle s'absente, qu'elle laisse passer les jours et les semaines, on l'implore de revenir, on la supplie de descendre du ciel pour nourrir la terre afin de rendre sa vigueur à ce qui est en train de sécher et devenir poussière.

Mais le plus souvent, depuis que notre terre est en mouvement, l'eau est source de vie, elle est la vie.

Journal. Lucie.

Lucie ouvrit la porte de chez elle, comprit aussitôt ce qui allait arriver, même si elle s'était mise à penser, les jours passant, que personne ne viendrait. Elle attrapa son sac, le glissa en bandoulière sur son épaule, se tourna vers la porte qui grinça car l'un des hommes, sur le palier, venait de la pousser avec son pied pour l'ouvrir en grand.

Vous êtes Lucie Mandel ? demanda le plus jeune des deux hommes. Oui, répondit-elle. Police judiciaire, vous allez être placée en garde à vue à compter d'aujourd'hui, 13 h 40. Nous vous emmenons au commissariat national. Lucie entendit la déclaration sans pouvoir se l'approprier, elle demeura immobile face au papier qu'on lui tendait. Vous comprenez ce que je viens de vous dire ? insista le jeune policier. Comprenez-vous chaque mot que je viens d'énoncer ? Lucie baissa les yeux, ce que le policier prit pour un oui alors qu'elle observait le pied de l'homme qui avait poussé la porte, ou peut-être le papier tendu. Elle leva le regard, l'arrêta au niveau de la ceinture du policier, aperçut les menottes qui y étaient accrochées, ne voulait pas que celles-ci passent du cordon de cuir à ses poignets. Elle demanda aussitôt s'ils pouvaient éviter de la menotter le temps de traverser le Vieux-Nice, elle connaissait trop de monde, ce serait pesant. Les deux hommes échangèrent un signe avec les doigts. D'accord, mais on vous a à l'œil, dit le plus vieux. Lucie sortit sur le palier, ferma sa porte à clé, descendit l'escalier avec son escorte. Elle eut une furieuse envie de fumer. Il fallait qu'elle allume une cigarette. Là encore elle demanda un accord qui lui fut octroyé. Dehors, Lucie ouvrit son sac, surveillée par les policiers, elle prit une cigarette, l'alluma, aspira puis souffla un nuage de fumée.

Le Vieux-Nice, où elle habitait, était un village piéton dans la ville. Lucie allait devoir croiser des gens qu'elle connaissait, entourée de deux policiers. Elle commença à regarder autour d'elle, une impression de ralenti gagna son champ de vision. Elle vit le boucher, le boulanger, le vendeur d'épices, celui de savons à la lavande et huile d'olive, elle rencontra leur regard perplexe. Elle aperçut des voisins, des enfants avec qui elle parlait de temps à autre. Au fur et à mesure qu'elle avançait, Lucie jetait son regard sur les immeubles ocre, roses et jaunes, sur le linge qui séchait aux fenêtres et, plus haut, tout en haut, son regard s'accrocha au ciel d'un bleu perçant, qui se découpait en forme d'étoile ici et là, tant les immeubles du Vieux-Nice sont rapprochés. La première fois qu'elle était entrée dans ce labyrinthe de rues, aussi petit soit-il, elle s'était perdue. Mais elle vivait ici depuis plusieurs années maintenant, tout lui était connu dans les moindres détails. Elle n'avait pas peur à ce moment, le Vieux-Nice la rassurait, elle se sentait chez elle, foulait les gros pavés parfois mal agencés où l'on a tendance à se tordre les chevilles, elle marchait et tournait dans les rues en sachant exactement où elle se trouvait. Ils arrivèrent cours Saleya, une place piétonne toujours inondée de couleurs, c'était le jour du marché aux fleurs. Ils marchaient encore lorsqu'un des policiers s'arrêta pour répondre à un appel téléphonique. Lucie, pour la première fois, sentit son cœur se serrer. Elle se tenait au pied du rocher de Nice et, au-dessus d'elle, sur la colline du Château, se trouvait un jardin avec vue sur la mer et la baie des Anges, une vue où la Méditerranée se déployait avec des nuances de bleu et où l'écume léchait les plages de la promenade des Anglais.

L'eau à perte de vue. Le soleil strident sur les crêtes des vagues. L'eau dans laquelle elle nageait tous les jours, l'eau qui l'éloignait de la terre et dans laquelle elle retrouvait sa force vive. Être en état d'arrestation était une chose, ne plus pouvoir se fondre dans la mer en était une autre. Être privée de l'eau, ce n'était pas possible. Être loin de ce qui constituait sa propre respiration, ce n'était pas possible. Elle pensa à Anaïs et perçut à nouveau, de façon vive, ce que représentait la perte de son amie. Elles ne nageront plus côte à côte, ne plongeront plus ensemble, elles ne riront plus entre deux vagues. Les confidences au cours de leurs baignades, rythmées par le ressac, vont disparaître à jamais.

La marche reprit. Ils quittèrent le Vieux-Nice, passèrent sous une arcade en pierres blanches, furent éblouis par la lumière éclatante. Les policiers mirent leurs lunettes de soleil, Lucie plissa les yeux. La mer s'étendait de l'autre côté de la route, au pied de la promenade des Anglais, elle s'étendait à l'infini, il n'y avait pas de vent, l'eau remuait d'une douce cadence, on entendait son chant, qui fut rapidement couvert par la voix du plus jeune des policiers disant la voiture est là, arrêtez-vous. Lucie trouva cela brutal. Postée à côté du véhicule elle regarda l'homme plus âgé ouvrir la portière arrière. Il s'approcha d'elle, la menotta, lui fit baisser la tête, la fermeté du geste la surprit. Le policier l'obligea à se pencher et prendre place dans l'habitacle. Un bruit de clés se fit entendre, le moteur vrombit, la voiture longea la plage puis s'enfonça dans la ville. Lucie ne se retourna pas.

Madame Hart, ma professeure principale au collège, qui est aussi professeure de français, a les yeux bleus, les cheveux blonds, des joues poudrées. Une rose. C'est le nom que je lui donne, Rose. Toute l'année c'est ainsi que la classe l'appellera, parce que madame Hart fait l'unanimité. Vraiment elle est douce. À tel point que lorsqu'elle fait cours, on a l'impression que tout se passe au ralenti, on se met à rêver, bercé par sa voix angélique et ses gestes gracieux. Il faut dire que j'ai une mère qui a le regard noir, l'intonation sévère, les mots tranchants. Dès le matin, mon frère et elle se hurlent dessus, alors madame Hart, quand elle arrive, revêt à mes yeux la délicatesse d'une poupée de porcelaine, je me demande même si un jour, au beau milieu du cours, elle ne va pas se casser. Je me dis que madame Hart n'a pas connu d'accident de parcours. Pour être belle et douce comme ça, c'est que la vie l'a préservée. Il n'y a pas eu de noir dans son enfance, pas de moment où le temps se fige, pas d'ombre qui surgit de nulle part ni de silence obligé. Non, madame Hart sent le jasmin et fait des cakes au citron, elle donne des cours de français parce qu'elle aime la musique des phrases, les mots effleurent ses lèvres, les poèmes qu'elle lit volent dans la classe pareils à des papillons, même les règles de grammaire, avec elle, deviennent des perles miroitantes alignées sur un collier.

Je suis sage et appliquée depuis le jour où je suis entrée à l'école. J'ai peur de ne pas bien connaître mes leçons et les récite encore le matin sur le chemin. Seulement en 5e, je suis assise à côté de Léa, et Léa me fait rire, elle est très drôle, et pas farouche. Les bêtises commencent, les punitions tombent, les notes baissent. Léa et moi passons notre temps à parler, y compris pendant les cours. Cette fille éveille en moi une disponibilité que je ne me connaissais pas, elle pose l'éventualité de faire autrement, de sortir d'un carcan. Je m'en donne à cœur joie, quand je ris je ne pense plus à rien.

Sauf pendant les cours de madame Hart où je me fige, me fonds dans sa voix, où j'appelle son regard, que ses yeux bleus et sa bonté se posent sur moi. Madame Hart est une sainte. Une star. Une actrice qui joue du théâtre sur l'estrade de la classe, récite des poèmes, raconte Molière, nous demande ce qu'on en pense. Personne jusqu'à l'apparition de cette femme ne m'a demandé ce que je pensais de ce qu'on me dit, d'habitude on me demande de faire, on m'oblige à. Je fais partie des enfants sous perfusion d'injonctions. Ce serait bien que tu. Il faut que. Pense à. C'est l'heure.

Mais pas madame Hart qui demande à chaque cours : quelqu'un veut en parler avec moi ? Elle dit ça, ma professeure, elle dit avec moi. Je ne lève pas la main, par timidité et par peur de poser une question idiote. Cependant je lui suis reconnaissante de penser à moi, à celles et ceux dont un jour la parole s'est refermée sur l'usage de l'expression libre.

Et puis il y a Léa, la folie de Léa, son rire, ses idées loufoques, parfois je suis obligée de m'arrêter en montant l'escalier qui mène à la classe tant j'ai des crampes au ventre à force de rire. Je ne suis pas en reste. Les semaines passent et je me déploie, me vautre dans cet espace de liberté où je peux dire n'importe quoi, ce qui me passe par la tête, divagation, délire, fable, une pure fiction de mon esprit qui se délie.

Rappel à l'ordre. Calmez-vous. Lucie, allez à la photocopieuse avec ces exercices, trente copies s'il vous plaît, ordonne le professeur de mathématiques. Je n'ose pas dire que je ne sais pas où se trouve la machine. Je tâtonne. M'approche d'une porte, tends la main vers la poignée, la retire aussitôt. J'écoute, au cas où le bruit de l'engin sortirait d'une pièce. Je vais un peu à droite un peu à gauche, quand j'entends une voix vers laquelle je m'avance. J'écoute derrière la porte. C'est un son rocailleux, peut-être un homme. Des mots rêches me parviennent, des mots qui râpent, des silences lourds, des questions froides, puis le mutisme. Je m'éloigne, j'attends cachée dans un coin. Quelqu'un sort enfin de la pièce, passe devant moi sans me voir, cette personne est madame Hart.

La stupeur. Le désarroi. Je suis immobile, le dos plaqué au mur. J'entends encore la voix de ma professeure, ses intonations tristes, la souffrance dans ses silences. Je pense à la vie brutale, celle que je ne pouvais imaginer s'introduire dans l'existence de cette femme et je me dis, la mort dans l'âme, pas elle, pas madame Hart.

Journal. Lucie.

Il y eut l'arrivée au commissariat, des bruits métalliques, des silences opaques, des personnes en uniforme et d'autres en civil. Il y eut des gestes mécaniques, des regards vides, posés sur elle. Lucie se soumit à la fouille, donna ses affaires qui furent consignées. Ensuite un couloir blafard, une femme qui lui énonça ses droits : vous avez le droit de garder le silence, d'appeler une personne de votre entourage ou un avocat, de demander à voir un médecin, et d'autres possibilités que Lucie ne retint pas. Lucie ne connaissait pas d'avocat, elle en demanda un, il lui fut commis d'office. La femme la conduisit dans une pièce, pointa du doigt une chaise, elle dit asseyez-vous là, je reviens tout de suite. Lucie leva les yeux, une seule lampe, d'un jaune triste, était accrochée au plafond, la lumière atteignait avec peine les murs et le sol délavé. Puis elle vit des fissures de part et d'autre, pareilles à des cicatrices que les gens laissaient, elle pensa à ça, à la souffrance, aux tragédies quotidiennes, aux luttes intérieures et aux bagarres dehors. Elle entendit le marmonnement de conversations étouffées, et aussi des cris. Elle baissa les yeux, les ferma quelques instants.

La femme revint. Encore un couloir blafard, et puis un autre. Lucie eut un haut-le-cœur, tout à coup ça sentait l'urine et le vomi sous la javel, on l'avait fait entrer dans une cellule. Lucie entendit l'écho des pas de la femme qui l'avait amenée jusque-là et qui repartait, écho qui périt dans un sursaut, une personne poussa un cri, elle était tapie dans un coin de la pièce, accroupie. Lucie recula, s'assit sur le banc attaché au mur. La personne se leva, son dos glissa le long du mur, puis elle fit un bond, hurla qu'est-ce que tu fous là toi ? Les mots étaient sortis en bouillie, la femme était ivre, ou droguée, qu'est-ce que tu fous là j'te dis ! Tu ressembles à une demoiselle, t'es fraîche comme un sou neuf, sortie tout droit du magasin. Tu me réponds, la pimbêche ! Lucie ne bougea pas, respira à peine, s'empêcha d'avaler sa salive, sentit son cœur cogner sur ses côtes. Elle demeura ainsi, figée sur le banc, un temps qui lui parut interminable, jusqu'à ce que l'écho reprenne forme. Lucie leva les yeux, juste un peu, le bruit des pas se rapprochait. La surveillante, ou agent de police, qui avait énoncé les droits du gardé à vue apparut, ouvrit la cellule, dit Lucie Mandel suivez-moi, votre avocat est là. Lucie marcha derrière elle, traversa en sens inverse le couloir, l'odeur d'urine, de vomi et de javel s'estompa puis disparut tout à fait quand elles entrèrent dans une pièce étroite. La surveillante, avant de se retirer, laissa entrer un homme qu'on lui présenta comme étant maître Vannot. Ils se serrèrent la main, elle l'interrogea du regard, il expliqua le déroulement de ce qui allait suivre. Cette entrevue lui fit du bien, l'homme était un trait d'union avec l'extérieur, savoir qu'elle n'était pas seule apaisait son angoisse. Vous allez être auditionnée à présent, dit maître Vannot, n'oubliez pas votre droit au silence lorsque vous préférez ne pas répondre, celui de voir un médecin si nécessaire, ou de faire appel à moi. Je vous montre le chemin, ne vous inquiétez pas, je serai assis à côté de vous. Lucie l'arrêta, elle préférait être seule pour l'interrogatoire.

Lucie se retrouva assise sur une chaise face à un bureau, et derrière le bureau, un homme.

– Je suis l'inspecteur Aulnes, je vais procéder à votre identité.

Lucie avait les mains croisées, les pieds croisés, l'homme reprit la parole : nom, prénom, âge, adresse, travail, statut ? Lucie répondit, elle se découvrit une voix grave.

– Nous pensons que la mort d'Anaïs Bellis n'est peut-être pas un accident, c'est la raison pour laquelle vous êtes en garde à vue.

– Maître Vannot me l'a dit.

– L'audition sera consignée dans le procès-verbal, votre avocat aura les informations.

L'homme attrapa une petite bouteille d'eau sur son bureau, but plusieurs gorgées puis la reposa.

– Donc, dit-il, nous avons reçu un élément qui a relancé l'enquête. Votre avocat vous en a fait part ?

– Oui.

La porte d'entrée du bureau râpa le sol, un homme entra, s'approcha de l'enquêteur, lui demanda de lui remettre un dossier. Tu me déranges là, tu vois bien que je suis en pleine audition ! L'homme qui était entré se retourna, un coup d'œil rapide, presque pas un regard. Lucie eut soudain l'impression d'être une forme, assise là, une forme en noir et blanc, transparente. Sur la chaise rouillée elle était brusquement devenue un dossier dont les pages allaient être recouvertes d'annotations, aussi lugubres que le son des touches du clavier de l'inspecteur ou le jaune délavé d'une lumière crayeuse dans un couloir vide.

À neuf ans je sais nager, tous mes mouvements sont parfaitement synchronisés, je glisse sur l'eau. Je débute les compétitions pour défendre mon école, à Paris. Je rafle toutes les médailles. Et puis un jour je perds. Mon professeur de sport me dit que je peux trouver un club pour m'entraîner, mes parents trouvent ce club, je nage tous les jours de mon enfance et de mon adolescence dans cette piscine non loin de chez moi. Je m'entraîne. Des longueurs et des longueurs. Depuis que j'ai coulé je ressens le besoin de sentir la mobilité des flots, mon corps entier dedans, mes forces tendues par l'effort dans une eau où pourtant je m'abandonne. J'aime forcer ma respiration, la transcender, j'aime éprouver l'eau qui m'accompagne dans mes mouvements, qui donne un surplus d'élan à celui que je lance moi-même. Parfois il faut se faire violence quand les bras peinent à pousser l'eau, à la ramener derrière soi, un effort qui me montre à quel point je suis en vie, à quel point il est possible de faire plus et que la douleur musculaire peut se réduire par la détermination. J'aime être avec les autres nageurs. Je suis seule dans le bassin, mais les nageurs sont avec moi comme je suis avec eux, nous sommes liés par l'eau. Mon entraîneur ne nous lâche pas de l'œil. Parfois il arrive avec sa pipe coincée entre ses dents, ce n'est pas souvent, il la garde sans l'allumer. Il est bien plus préoccupé par nos temps, il tient son chronomètre en main, il sait quand les filles ont leurs règles à la seconde près car elles sont plus lourdes et perdent donc des dixièmes, ou alors c'est qu'elles ont grossi et là, il faut vite se reprendre car les championnats de France ne vont pas changer leurs dates du fait que les filles aiment le chocolat. Après l'entraînement on file au vestiaire, on parle, on rit, on retrouve les garçons à la sortie et nous rentrons par groupes, les cheveux mouillés y compris en hiver, c'est totalement faux cette histoire d'attraper froid sans bonnet ou d'attendre la fin de la digestion pour se baigner, il y a des légendes comme ça qui survivent aux années, des phrases répétées sans relâche pour devenir de fausses vérités, ce ne sont pas tout à fait des mensonges, mais ce n'est pas la réalité.

Je suis dossiste, cinquième place au championnat

de France. On attend de moi une plus haute marche, on peut attendre, j'ai des doutes, d'abord parce que la première dossiste fait 1,80 mètre et moi 1,58 mètre, ce qui est embêtant puisque dès le départ elle gagne sur moi, ensuite parce que cette nageuse a la hargne, alors que moi je nage. Je sais que je dois aller vite, je suis active dans l'effort mais je ne pense jamais à gagner. Ici se pose la différence entre la première et la cinquième place.

La gagneuse c'est Anaïs. Elle rage, elle râle, elle jette sa serviette par terre quand le chronomètre n'affiche pas le temps escompté et que la première marche du podium lui échappe. Elle dit je suis une crawleuse hors pair, pourquoi cette fille a gagné ? En vérité elle ne pose pas la question, elle s'énerve. Dans ces cas-là elle file sous la douche, laisse couler l'eau sur sa tête. Inutile que je lui dise Anaïs ce n'est pas grave, cette phrase n'a aucun sens pour elle en temps de championnat. D'ailleurs cette phrase n'a aucun sens pour elle en règle générale. Lorsque nous nageons en relais avec nos coéquipières et amies la brasseuse et la papillonneuse, celle qui serre les mâchoires c'est Anaïs, celle qui est pensive c'est moi, celles qui sont disciplinées sont les deux autres. C'est probablement cela qui nous a rapprochées Anaïs et moi, notre difficulté à rester constantes. Chaque année, quand nous partageons notre chambre au mois de juillet, au centre sportif de Villecresnes, afin de préparer les championnats de France, nous nous comprenons, mon calme et son impétuosité forment un binôme complémentaire, avec un point commun, notre inaptitude à répondre comme il faut à un certain nombre de commandements, sauf à ceux de notre entraîneur. Pour ma part, j'ai tendance à faire l'inverse de ce qu'on me demande. L'exemple le plus illustre est une conversation avec ma mère qui se résume à deux phrases. Ma mère m'a dit : de toute façon tu me contredis tout le temps. J'ai répondu : mais non je ne te contredis pas. Quant à Anaïs, son père lui a dit : ça suffit maintenant, va dans ta chambre. Anaïs a répondu : et elle est où, cette chambre ?

Nous échangeons sans cesse sur nos déboires, nous rions, têtes de mules que nous sommes. Nous nous laissons envelopper par l'écho de nos voix et de nos revendications nouvelles. Notre amitié se scelle.

Journal. Lucie.

Lucie regarda l'homme au dossier s'en aller, l'enquêteur face à elle avait fini de râler, il fixait son ordinateur.

– Reprenons, dit-il.

– …

– Nous avons donc un nouvel élément.

– …

L'officier de police judiciaire tourna son ordinateur vers Lucie. Elle attendit. Soudain des images sur l'écran, la mer, Anaïs et elle dans l'eau.

– Ça vous rappelle quelque chose ?

– Oui, répondit Lucie.

– Vous pouvez m'en dire plus ?

– Nous sommes allées nager, on s'est amusées, puis j'ai voulu rentrer, ce que j'ai fait, mais pas Anaïs.

– Anaïs Bellis est morte. C'est un drôle de jeu, non ?

Lucie eut ce réflexe qu'elle avait lors des compétitions, lorsqu'on appelait son amie pour monter sur le podium. Quand elle entendait ce nom, Anaïs Bellis, elle se disait que c'était le plus joli qu'elle ait jamais entendu, les sonorités coulaient sur elle, aussi douces que l'ondulation de l'eau.

– Alors... que s'est-il passé ? demanda l'homme au bureau.

Lucie serra les mains qu'elle avait gardées croisées, les ongles lui rentrèrent dans la chair.

– Anaïs s'est noyée, répondit Lucie.

– Elle s'est noyée, reprit l'enquêteur.

– Oui.

– Les questions que je me pose, c'est pourquoi et comment ?

Lucie sentit un pic dans sa poitrine. Ce jour-là, après avoir décidé de sortir de l'eau et s'être séchée en jetant des coups d'œil en direction d'Anaïs, elle était rentrée à l'hôtel qu'elles avaient choisi ensemble. Dans la chambre elle s'était laissée tomber sur un des lits, hésitant à retourner sur la plage.

– L'eau était trop froide, je l'avais prévenue que je ne resterais pas longtemps, dit Lucie.

– C'est tout ?

– Oui.

– Je vais vous rafraîchir la mémoire.

L'homme demanda à Lucie de regarder à nouveau l'écran. Ce qu'elle fit.

– Alors ? interrogea l'enquêteur.

Il avait appuyé sur pause, Lucie se trouvait face à une image fixe, où Anaïs avait la tête sous l'eau.

– Alors quoi ? demanda Lucie.

– Vous vous battiez dans l'eau.

– Non.

– Vous vouliez la noyer.

– Non, pas du tout.

– Pourtant elle est morte.

– On s'amusait, c'est tout.

– Qu'est-ce qui est arrivé, mademoiselle Mandel ? Anaïs était une très bonne nageuse. Je ne comprends pas. Vous pouvez m'aider ?

– Je ne sais pas, souffla Lucie.

– Vous étiez avec elle, vous lui mettiez la tête sous l'eau, elle se débattait, les images ne mentent pas.

– Mais non ! C'était un jeu ! On a toujours fait ça.

– De priver l'autre d'air ?

– Tout le monde joue à se faire couler. Quand on vit dans l'eau, c'est un jeu comme un autre.

– Jusqu'à la mort ?

– Pardon ?

– Anaïs en est morte, vous l'avez noyée.

– Ce n'est pas ce que je vois sur votre ordinateur. Je ne vois pas qu'elle est morte à cause de moi.

Le silence se figea dans la pièce. Lucie hésita, avança légèrement le buste, décroisa les mains.

– Pourquoi voulez-vous que je noie ma meilleure amie ?

L'enquêteur retourna l'écran vers lui, baissa la tête en direction du clavier, se mit à taper sur les touches, un temps indéfinissable pour Lucie. L'homme finit par s'arrêter, il releva la tête.

– Très bonne question. Qu'est-ce qui a déclenché cette envie ?

« Déclenché cette envie », Lucie trouva cette phrase tellement ridicule. Si l'enquêteur avait fait partie d'un club de natation, aurait-il dit en voyant les garçons se battre dans l'eau qu'ils étaient tous des meurtriers en devenir ?

À cet instant, s'il y avait bien quelqu'un que Lucie aurait eu envie d'enfouir dans les profondeurs, c'était l'homme qui se tenait face à elle. Et puis elle ne s'était pas attendue à ressentir ce désarroi. Ici, tout était si foncièrement sombre, en particulier les voix, cette façon de parler avec automatisme, sans trouble. Des voix gutturales, des intonations qui accusent, cherchent, reniflent, et la mort qui rôde.

Fin août, nous avons dix-huit ans, le bac en poche, le permis de conduire dans notre portefeuille. En octobre nous commencerons nos études supérieures, Anaïs en agronomie, moi en hydrologie, nous nous compléterons, l'eau et la terre, la combinaison du vivant. Nous roulons dans la Fiat 500 de la mère d'Anaïs qui nous l'a prêtée pour la semaine et, après avoir quitté Nice, nous longeons le bord de mer en direction de Saint-Tropez avec, dans le sac d'Anaïs, les clés du studio de ses parents. Nous chantons dans la voiture. Nous chantons le soleil, la mer toujours, le clapotis des vagues qui longent notre route.

Un matin, après avoir passé la nuit à danser, nous nous allongeons sur la plage, le sable est doux, nous nous endormons. Plus tard, la chaleur nous réveille, il est presque 13 heures. Nous marchons vers le port, nous nous attablons à une terrasse de café, nous mangeons des tartines beurrées avec du fromage, nous buvons du café et fumons des cigarettes. Le temps passe, nous marchons en regardant les bateaux, un garçon vient vers nous, c'est Jérémy, un ami d'Anaïs. Elle le connaît si bien qu'au bout d'un quart d'heure de conversation, elle me demande avec une moue désolée si ça ne me dérange pas qu'elle aille avec lui. Jérémy est son premier amour, une relation devenue épisodique mais qui ne prend jamais fin. Elle l'aime, son Jérémy, elle ne résiste pas à sa jovialité, son sourire tendre, sa peau mate, elle demeure attirée par son goût de l'aventure, des voyages, et sa curiosité toujours en effervescence. Alors elle dit toujours oui, je viens avec toi.

J'acquiesce aussi. Inutile de discuter. Anaïs me tend les clés du studio, ils vont passer la nuit tous les deux, pas besoin de tergiverser. Face à Jérémy, Anaïs a le cœur qui bat. Je pars de mon côté, continue de me balader un moment, me baigne avec le soleil couchant, me sèche, retourne à une terrasse de café, il fait bon. Un homme m'aborde, il est assis à la table à côté, nous parlons de tout et de rien, il me propose de prolonger la discussion. Nous dînons. Il est en face de moi. Il a une quarantaine d'années, il parle beaucoup et à mesure que le temps passe son visage se défait. Il boit, il est en train de vider la bouteille de vin, verre après verre. J'ai de plus en plus mal à la tête. Son visage est maintenant très marqué. Je n'entends plus ce qu'il me dit. Je refuse le dessert. J'essaie de me lever, j'ai mal au cœur. Martin, c'est son nom, me prend le bras, me porte presque. Dans ma tête ça tambourine. Les traits de Martin, ses cernes noirs, sa bouche amère, me donnent encore plus la nausée. Il me soutient, son bras sous mon aisselle, je le laisse faire car je sens que je pourrais m'évanouir. Nous montons dans sa voiture, il dit je t'emmène te reposer. Ma tête va exploser. Il m'aide encore pour franchir quelques marches d'un lieu que je ne connais pas. Il ouvre une porte, nous entrons dans un appartement, une autre porte, je tombe sur le lit, il dit tu vas dormir là et moi dans le salon, il dit quelque chose comme ça, ses paroles sont un brouillard. Je m'endors. Dans la nuit je me réveille, me passe de l'eau sur le visage, me couche dans le lit. J'ouvre les yeux, on tape à la porte. Martin entre dans la chambre, un plateau à la main, il s'assoit au bord du lit, il dit c'est pour toi. Je regarde le plateau ; des croissants, du café, du jus d'orange. Ensuite je le regarde. Là je réalise, il a dû penser que la veille j'avais fait semblant d'avoir mal à la tête mais que ce matin tout va bien se passer, tout est bien, le jus d'orange les croissants et sa tête presque reposée, content d'être assis sur le lit dans lequel je suis couchée. Je le regarde, je le fixe, je dis Martin, je ne te désire pas.

Son visage se ferme, aussi brusque que la foudre. Il se lève, parle d'une voix d'outre-tombe, prépare-toi on s'en va. Je m'habille à la hâte, sors de la chambre. Où est-ce que je te ramène ? demande-t-il. Je sens mes jambes trembler, je sens, tel un animal, qu'il faut réagir vite, que Martin est près d'exploser, à deux doigts de tout casser ou bondir sur moi. À Nice, ramène-moi à Nice. Je le regrette aussitôt, qu'est-ce qui m'a pris de dire Nice, pourquoi n'ai-je pas répondu que j'allais descendre au port et contacter mon amie ? Martin descend les marches deux à deux du petit immeuble, se dirige d'un pas ferme vers la voiture, ouvre sa portière, s'assoit au volant, claque sa portière, démarre. Je suis assise devant, à côté de lui, dans sa voiture de luxe, modèle sport tout en rouge. Il prend la route avec des virages, des lacets sans fin, une route tortueuse au bord de la falaise qui surplombe la mer, la seule route qu'il ne fallait pas prendre dans son état, avec cette colère qui ne fait que monter. Même s'il ne dit rien je le sais, il a le visage verrouillé, chaque virage semble un défi pour lui. Il accélère, roule de plus en plus vite, la falaise à côté, les virages comme des nœuds qu'il aborde à toute allure. Je ne bouge pas, je regarde droit devant moi, je respire à peine, je ne suis pas là, il faut que Martin oublie ma présence. Mais ça continue, le moteur rugit, je me dis on va y passer, Martin va perdre le contrôle et la voiture faire une sortie de route, nous allons chuter dans le vide, nous écraser contre la falaise ou bien sur les rochers qui bordent l'autre côté de la route. Je suis en train de penser que si la voiture déraille, si Martin continue de hurler sa colère à l'intérieur de lui-même en appuyant sur l'accélérateur, ce sera la fin. Mourir à presque vingt ans. Cette pensée me rend encore plus discrète dans la voiture. Je ne bouge pas un petit doigt, le visage face à la route, je ne regarde pas Martin, à aucun moment il ne faut le regarder, il ne doit sentir de ma part ni peur ni jugement, il ne doit rien sentir qui vienne de moi afin de ne pas aiguiser davantage ses nerfs. Je fixe la route et la mer qui s'étend loin devant. Les virages défilent, j'entends le vent fendu par la vitesse, taillé en deux sur le pare-brise pour venir ensuite mordre à la fenêtre de mon côté. Le moteur vrombit, la voiture fonce, le vent sur sa carcasse de fer. Puis c'est le vide. Je ne pense plus, je ne pense plus à rien, je ne sens pas mon corps. Au fur et à mesure des virages la peur se défait, je n'attends rien, je n'espère rien, la vie est déjà presque partie. La mer au large est bleu marine, un bleu qui se dégrade, s'éclaircit au bord des plages. Sans que mon esprit formule des phrases – je ne suis plus en mesure de penser quoi que ce soit –, il y a quand même à l'intérieur de moi la sensation non pas de m'écraser sur la falaise, mais de plonger dans la Méditerranée.

Je vole, j'atteins l'eau, m'y engouffre, je vais respirer et survivre. Le soleil ondule devant mes yeux, sur fond de ciel blanc et bleu.

Tout se passe très vite. Martin se gare sur le bas-côté, au-dessus de la falaise. Il sort de la voiture, descend un peu le chemin, s'arrête, se met à marcher de long en large puis s'immobilise, tourné vers la mer. Cela dure. Il reste face à l'étendue d'eau, sans un mouvement. Je ne réfléchis toujours pas, ne pense à rien, je me remets à fixer le paysage devant moi. Martin finit par revenir, entre dans la voiture, démarre et, à ma grande stupéfaction, il roule à une vitesse normale, ne prend pas de risques, ses mains sur le volant ne sont plus crispées. Nous arrivons enfin au port de Nice, je descends, bafouille un au revoir et m'en vais.

Anaïs va venir, je l'ai appelée, je ne me souviens plus de ce que j'ai dit mais elle a répondu j'arrive. Je suis boulevard Franck-Pilatte, entre le Club de la réserve et le Club nautique, je suis assise sur un banc face à la mer, le bateau Corsica entre dans le port, il va dégueuler des voitures et des vacanciers, en charger d'autres qui partiront sur l'île de Beauté. Je veux partir aussi. Dans les criques. Retranchée. Glisser sous l'eau.

Une main sur mon épaule, je me retourne, Anaïs s'assoit à côté de moi, me prend dans ses bras, mon

Dieu Lucie je suis tellement désolée. Je pleure. Je dis c'est comme ça. Anaïs répète en boucle j'aurais dû rester avec toi, je ne sais pas pourquoi je suis allée avec Jérémy, j'aurais dû rester avec toi. Je me détache d'elle, j'essaie de sourire, Anaïs m'attire contre elle, m'embrasse la joue, viens on rentre dit-elle. Nous nous levons, marchons, j'ai un peu la nausée, Anaïs me serre fort la main, je tente de me défaire doucement mais ses doigts sont fermement accrochés à ma paume, comment lui dire qu'à cet instant je n'ai pas envie qu'elle me touche et, je le confesse, j'ai pensé tel quel : tout ça pour se taper ce con de Jérémy. Je n'arrive pas à définir pourquoi je lui en veux.

Journal. Lucie.

L'enquêteur proposa un verre d'eau, Lucie accepta, but, eut envie de tout recracher, l'eau avait un goût prononcé de calcaire. Elle posa le gobelet en carton au sol, à ses pieds.

– Vous n'avez pas répondu, dit l'enquêteur.

– Avec seulement quelques images on peut imaginer n'importe quoi.

– Avec des « si » on tombe parfois sur la vérité, lança l'enquêteur.

– Ou pas.

– Vous dites elle n'est pas morte à cause de moi, alors je pense tout de suite… elle est donc morte à cause de quelqu'un. Et ce quelqu'un, ça pourrait être vous.

– C'est votre façon de penser.

– C'est une déduction, pour l'instant hypothétique, je vous l'accorde.

– Furieusement hypothétique.

– Elle est morte à cause de qui ? questionna l'enquêteur.

– Elle s'est noyée, donc elle est morte à cause de l'eau, qui était trop froide.

– Vous faites de l'humour, intéressant, dit-il.

– Comment voulez-vous que je sache qui est à l'origine de sa mort ? Je réagis à ma manière, c'est tout.

– En faisant de l'humour.

– Ce n'est pas de l'humour, c'est du sarcasme.

– On va faire une pause, mademoiselle Mandel.

L'enquêteur s'adossa à son siège, joignit les mains, fit craquer les articulations de ses doigts. Il prit son téléphone, une minute après une femme vint chercher Lucie, la ramena en cellule. Cette fois Lucie y était seule. De nouveau le banc, où elle s'allongea. Elle se sentait fatiguée, ferma les yeux, les rouvrit aussitôt. Son regard se cogna aux murs, aux taches brunâtres, au plafond avec un néon à la lumière insipide, blanche, sale. Pas de fenêtre, tout ici se calquait à l'idée qu'elle se faisait d'un égout, l'odeur âcre, l'humidité, la sensation qu'il ne fallait rien toucher. Dans une autre cellule une femme se mit à hurler. Elle braillait, disait putain, enculés, j'ai rien fait, j'vous emmerde. Elle rota, rit fort, elle radota, racla sa gorge. Elle cracha, cogna, causa toute seule. Elle va y rester, se dit Lucie, elle va mourir là. Lucie imagina le visage d'Anaïs, les lèvres bleues, le corps inerte dans l'Atlantique, à Hendaye. C'était sans doute pour ça, la pause, pour qu'elle se retrouve face à elle-même et au visage de son amie, à ce visage sans vie, et qu'elle s'affaiblisse en y pensant, broyée par le manque et déchirée par le drame.

La question la taraudait : qu'est-ce qui vous a poussée à lui mettre la tête sous l'eau ? Si je lui parlais football, se dit-elle, il comprendrait tout de suite, mais la natation, non. Jouer à se faire couler c'est forcément douteux, tandis que se rentrer dedans au football ou au rugby, en ressortir en sang, avec des entorses, des tendons en miettes ou des nez cassés, c'est normal.

Un coup dans le mur sortit Lucie de ses pensées. La femme de l'autre côté s'agitait. Lucie demeura figée sur le banc. Une garde arriva, fit sortir sa voisine de la cellule. Lucie vit passer la femme qui hurlait, elle avait la tête en sang.

Puis on vint la chercher. Retour au bureau, à l'interrogatoire.

– Vous vous êtes reposée ? demanda l'enquêteur.

– Non. Une femme s'est cogné la tête contre le mur.

– Beaucoup de gens se cognent contre beaucoup de choses. En cellule ou à l'extérieur.

– …

– Et vous, Lucie, contre quoi vous êtes-vous cognée ?

– Contre rien.

– Et Anaïs ?

Le téléphone sonna, l'enquêteur répondit, Lucie n'avait de toute façon rien à répondre à la question. L'homme raccrocha.

– Je crois que vous n'avez pas compris pourquoi vous êtes ici.

– …

– Vous êtes dans ce bureau en tant que suspecte.

– Vous avez des éléments à charge contre moi ?

– Il semblerait que vous ayez mal regardé mon écran. Votre expression quand vous faites couler Anaïs, par exemple.

Lucie allongea les jambes, le gobelet se renversa, l'eau qui restait s'étala sur le lino gris.

– Vous êtes mentaliste ? Psychologue ? demanda-t-elle.

– J'observe.

– Qu'est-ce que je suis censée voir ?

– Approchez-vous.

Lucie s'exécuta, elle fixa l'image.

– Et ? interrogea-t-elle.

– Vous ne voyez rien ?

– Je vois que c'est moi qui coule Anaïs, mais deux

minutes plus tard c'était l'inverse, j'avais la tête sous l'eau et ces images-là, vous ne les avez pas.

– Vous ne voyez rien d'autre ? insista l'enquêteur.

– Non.

L'homme s'adossa à son siège, leva les bras, réunit ses mains derrière sa nuque, il énonça :

– Votre regard. Votre regard noir. Très noir.

Lucie s'avança de nouveau vers l'écran, plissa les yeux, se rapprocha encore. Ensuite elle fit exactement la même chose que l'enquêteur, elle se colla au dossier de sa chaise, leva les bras, glissa ses mains derrière la nuque, elle dit :

– J'avais froid.

Partout où l'Homme passe il y a une trace, une empreinte, une signature. Pas dans l'eau. Quand l'orage s'estompe, que cesse la pluie, l'eau est pure à nouveau, l'eau est lavée par l'eau et lorsqu'on y plonge, il n'y a ni début ni fin. Ce qui existe en mer, c'est l'instant. Il n'y a pas d'avant ni d'après. Je nage, mes bras traversent l'eau, mes pieds en battant font de la mousse, et ensuite plus rien, pas une trace de mon passage. L'eau offre ce pur cadeau de ne pas m'emprisonner, de ne pas laisser autrui savoir que je suis passée par là, parce que la mer ne fixe pas mes mouvements, elle continue le sien, ondule, elle m'accueille et me laisse repartir. L'eau est toujours neuve, les secrets qu'on lui verse deviennent écume, et quand elle chante, l'écho de sa voix finit par s'en aller avec le vent. Le vent aussi incarne l'instant. Il n'est jamais le même. Une fois passé, le prochain souffle viendra de la naissance d'un nouvel air chauffé qui va monter dans le ciel, rencontrera un air froid qui descend puis, de cette différence de température entre ces deux masses d'air, se créera le vent. Un vent nouveau. Je plonge, je nage, puis le silence se referme derrière moi. Ma vie dans l'eau ne s'inscrit nulle part, ni entre les vagues ni à la surface, pas plus dans les profondeurs. La terre est loin. À ce moment-là, ce qui est nécessaire sur terre disparaît, le commerce des hommes s'éclipse au profit de la lumière, des flots, du soleil ou des nuages, le verbe être ne se définit que par ce que je ressens, par la liberté d'un passé effacé et d'un futur qui n'existe pas. Alors je jouis de mon autonomie, du temps réduit à une goutte d'eau qui scintille à la lumière et va, en un dixième de seconde, s'unir à la mer.

On me demande : pourquoi tu fais autant de longueurs tous les jours ? Ça doit être ennuyeux ? C'est ennuyeux, oui, mais pas pour moi. C'est ennuyeux, je peux le concevoir, je peux me mettre à la place de ceux qui n'aiment pas cela, qui n'y voient aucun intérêt. L'inverse ne se produit jamais. Personne ne peut comprendre ce que j'ai ressenti le jour où j'ai coulé, et ensuite, quand tout mon corps s'est mis à épouser l'eau. Anaïs, elle, le sait de façon innée, son corps a cette mémoire de l'eau, chacune de ses cellules appelle la mer. Ce n'est pas un sujet entre nous, c'est un état.

Sauf quand l'océan est vraiment froid. En avril, à Hendaye, la température est d'environ 14 degrés. Anaïs a quand même voulu que l'on se baigne. Nos muscles se sont durcis très vite. J'ai dit c'est dangereux, il faut rentrer. Je constate que nos corps sont en train de se figer. Nos muscles comme du béton. Anaïs dit non, on peut y arriver, on doit simplement se dépasser, comme pour un championnat. Je pense alors que c'est un défi complètement stupide. Un championnat, dans une eau à 14 degrés… Lors d'une compétition le but est de dépasser les autres et si possible de faire son meilleur temps au chronomètre. Pas de savoir qui va geler la première. J'attrape Anaïs par le bras, je répète : c'est dangereux, on rentre. Elle tape sur l'eau, regarde crie-t-elle, on peut se réchauffer en bougeant dans tous les sens et ensuite on se met à nager, ce à quoi je réponds tu n'auras pas le temps de nager, parce que tu vas mourir gelée avant. Je serre encore plus son bras, le froid qui enveloppe son corps l'empêche de me repousser, elle dit la prochaine fois j'y vais toute seule. Je réponds sûrement pas. Ce n'est pas un défi, ça, Anaïs, ce n'est pas une compétition, ce n'est même pas de la transcendance. Elle me lance : si, justement, c'est même un immense dépassement de soi.

Je regarde le ciel, le vol des oiseaux qui tourbillonnent au-dessus de nos têtes, je me dis que l'eau froide reprend toute liberté, qu'elle anéantit la communication, qu'elle me force à fuir la beauté des flots, m'avertit d'un futur qui réapparaît, l'eau froide m'oblige à réintégrer les diktats du commerce des hommes et donc à m'énerver contre Anaïs.

Et mon amie de m'expliquer ce qu'est le dépassement de soi, le corps déjà raide de la froidure qui l'assiège. À se demander si Anaïs comprend ce qu'elle est en train de faire et si, finalement, nous ne serions pas différentes. Comment peut-elle ignorer à ce point les humeurs de la mer, oublier que l'eau est si ardente qu'elle aussi se met à gronder quelquefois ?

Journal. Lucie.

L'enquêteur dénoua ses mains blotties derrière sa nuque, posa ses bras sur les accoudoirs du fauteuil, demanda :

– Votre avocat vous a-t-il parlé de coopération ?

– Oui.

– Vous avez compris ce mot ?

– Oui.

– On ne dirait pas.

– Je fais ce que je peux pour me tenir droite devant vous.

– Droite ?

– Digne.

– Allons bon.

– Ça ne vous convient pas ?

– C'est tout à votre honneur, sauf qu'ici on cherche la vérité et pour y accéder, il faut parfois se bousculer.

Lucie vit le bureau s'assombrir, ça grondait dans le ciel, ça venait renforcer le verbe bousculer, pensa-t-elle. La pluie s'abattit sur les carreaux sales, des marques brunes apparurent, des traînées couleur de vase. L'enquêteur se leva pour s'assurer que la fenêtre était bien fermée, les orages à Nice sont aussi forts que rapides. Puis Lucie entendit crier dans le bureau d'à côté, une histoire de procès-verbal qui ne ressemblait à rien, qui n'était pas carré, logique, avec des conclusions qui ne présentaient aucune conclusion.

– Vous entendez, dit l'inspecteur, ça ne rigole pas dans l'autre pièce.

Il était revenu s'asseoir et maintenant il la regardait. Lucie ne baissa pas les yeux, elle avait plus peur dans la cellule que devant cet homme, mais cela, elle ne le montra pas. Il ne devait pas savoir que les quatre murs, l'odeur de javel, les barreaux, les femmes en souffrance, en sang, en peine de se lever parce que droguées ou alcoolisées, avaient sur elle un effet plus dévastateur que l'audition. Elle n'offrirait pas de prise à l'homme qui devait faire le compte rendu de son interrogatoire, et maintenant qu'elle savait que ce bout de papier devait être carré et concluant, elle pouvait décroiser ses mains et ses pieds, se redresser, dire des choses qui sortent de la logique commune pour déstabiliser l'inspecteur, des choses comme :

– La vie liquide est en fait extrêmement solide, même si ce n'est qu'un point de vue philosophique, en tout cas moi je le pense.

– Magnifique.

– Le sociologue Zygmunt Bauman, que j'admire par ailleurs, dit tout le contraire, continua Lucie.

– Vous avez fini ?

– Cela prouve qu'il peut y avoir deux versions différentes à partir d'un même fait.

– Il se trouve, mademoiselle, que j'ai entendu parler de Bauman. Je vais vous rafraîchir les idées. Cet homme parle de la société liquide, de la société de consommation, pas de l'eau ou d'une fille qui se serait arrangée pour qu'une autre fille se noie, ce qui signifierait qu'il y a eu, peut-être, homicide volontaire.

– Vous extrapolez complètement mais bon, si ça vous plaît ainsi.

– Arrêtez de me faire perdre mon temps avec vos digressions. On continue de se concentrer sur vous et Anaïs, entendu ?

– C'est ce que je fais. Vous ne comprenez pas ?

– Je vous en prie, expliquez-moi.

– Je vous dis qu'il peut y avoir différentes versions à partir d'un même fait, en l'occurrence, ici, d'une image, ce n'est pas très compliqué.

– Exactement, différentes versions, la vôtre et la mienne.

– Quoi qu'il en soit, ce que je viens d'énoncer est rationnel, on ne peut pas dire que ça ne l'est pas, c'est factuel, une situation que l'on peut élucider point par point et décrypter sur les deux versions et aussi…

– Ça suffit !

Voilà, c'est fait, il s'énerve, marmonna Lucie pour elle-même.

Arrive ce temps, quelques minutes, un moment minime, dérisoire, durant lequel se déroule l'infime accident. Je prépare les championnats de France au centre de Villecresnes, nous sommes en juillet, je m'entraîne avec les autres, matin et après-midi. Piscine extérieure entourée d'herbe, une eau à bonne température pour nager, une ambiance sympathique avec le personnel du centre, de copieux petits déjeuners, pain frais, beurre, confiture, chocolat chaud avant l'entraînement, puis le déjeuner, puis reentraînement, ensuite la journée se termine par des heures paisibles. L'avantage du sport c'est qu'en sortant d'une journée très physique personne n'a envie de se bagarrer. En tout cas c'est ainsi dans notre club, nous sommes un groupe assez enjoué. Notre entraîneur est un homme jovial, sauf si on commence à dévier de l'effort et oublier pourquoi nous sommes là.

Je suis ici parce que, qualifiée au 100 mètres dos, je vais concourir au championnat de France à la fin du mois. Je suis ici parce que j'aime nager, j'aime mon club, j'aime partager ma chambre avec Anaïs pendant des semaines. Je suis ici parce que je l'ai toujours été. Je ne me souviens pas de la date de ma première sélection à cette ultime compétition de l'année. De même que je ne me souviens pas de la date des championnats d'Europe UGSEL (Union générale sportive de l'enseignement libre), où j'ai été médaillée. Les compétitions UGSEL, je les ai commencées à neuf ans, mon professeur de sport m'y avait inscrite, ce fut le début de ma vie de nageuse, je gagnais tout le temps, en dos et en crawl. Jusqu'à ce que je perde, à l'âge de onze ans. Mon professeur de sport a dit à mes parents maintenant il faut qu'elle s'entraîne dans un club si elle veut continuer. Le club une fois trouvé, j'ai commencé l'entraînement. Je concourais pour la FFN (Fédération française de natation) d'un côté, pour l'UGSEL de l'autre, les écoles catholiques n'ont pas que du mauvais, la mienne m'a soutenue dans le sport pendant des années, de mon côté je l'ai défendue du mieux que je pouvais.

Brouillard des dates. J'ai une boîte remplie de médailles et je n'arrive pas à me souvenir. Je suis allée dans toutes les villes de France, où j'ai connu principalement les piscines, et j'ai du mal à les visualiser.

Ma mémoire me fait défaut, elle bloque, elle a opéré une sélection car, par ailleurs, je me souviens très bien de ce moment, dans le couloir.

C'est la fin de l'après-midi, l'entraînement est terminé depuis deux heures, j'ai pris une douche, Anaïs aussi, nous parlons dans la chambre, nous décidons d'aller voir, dans l'aile des bungalows juste à côté de la nôtre, des garçons qui travaillent au centre. Les temps ont changé, nous avons grandi, fait nos premières expériences amoureuses et sexuelles avec les garçons du club et cette année, Anaïs comme moi, nous tournons notre regard vers ces garçons plus âgés qui nous sourient tous les matins. Ils nous ont dit de venir les retrouver. Nous décidons d'y aller. Nous n'avons pas de maquillage. Pour nous, se coiffer après la douche, c'est déjà beaucoup, là nous faisons un effort, Anaïs et moi, avec la brosse à cheveux, sachant que demain matin nous aurons un bonnet de bain sur la tête, des lunettes de piscine pour protéger nos yeux. Nous portons un short, un tee-shirt, des sandales plates, pas de vêtement particulier dans notre valise où nous avons fourré des habits rapides à mettre étant donné que, à partir du réveil, nous nous habillons et déshabillons huit fois par jour. Nous sommes prêtes, nous sortons de notre chambre, je marche devant Anaïs dans le couloir, en direction de la porte en verre qui donne sur l'allée extérieure. Je m'approche, je tends le bras pour ouvrir la porte et, à ce moment précis, alors que je m'apprête à passer la sortie, mon pied heurte le paillasson, il se tord d'un coup sec, je tombe. Mon premier réflexe est de porter mes mains sur ma cheville, de l'entourer, de la garder au chaud en attendant mon entraîneur. La douleur est là, tout de suite présente, je m'attends à voir gonfler ma cheville en un rien de temps et je sais déjà que, dans quelques jours, lors de la compétition, le championnat de France, mes jambes me feront défaut.

Quelques minutes, un incident, un accident, et le temps d'avant se brouille sur le calendrier, la mémoire se disloque, effectue des changements, efface des dates, en ravive d'autres. Des évènements se rappellent à moi, d'autres sombrent dans les replis du passé, et au milieu des effluves qui vont et viennent dans ma mémoire, un mot, un geste dont je ne sais plus s'il a vraiment été dit, été fait. Ces manifestations sont pourtant là, floues et présentes, chimériques et tangibles. Je me dis : est-ce que cela s'est passé ? Est-ce que cela s'est vraiment passé ? Pourquoi ai-je l'impression que c'est un tour de mon imagination tout autant que la réalité ?

Ma question est : dans le couloir, Anaïs m'a-t-elle poussée ?

Journal. Lucie.

– Je me suis emporté, je n'aurais pas dû, dit l'enquêteur.

– …

– Reprenons sur d'autres bases, de bonnes bases.

– …

– Anaïs était votre meilleure amie, n'est-ce pas ?

– C'était ma sœur de cœur.

– Vous l'aimiez et aujourd'hui vous êtes sous le choc.

– Je suis triste. Et furieuse.

– Contre qui ?

– Contre moi d'abord, car je l'ai laissée seule, contre elle ensuite, car elle n'a pas voulu m'écouter.

– Écouter quoi ?

– Vous le savez. Faut-il tout le temps se répéter ?

– Vous lui avez dit que l'eau était trop froide pour rester et c'est à ce moment que vous vous êtes disputées, c'est ça ?

– Je ne le dirais pas comme ça.

– Vous le diriez comment ?

– Nous nous sommes chamaillées, ce n'est pas la même chose, il n'y avait pas de caractère haineux, de brouille ou de conflit intime.

– Vous vouliez seulement qu'elle rentre.

– Oui.

– Avec vous.

– Oui, enfin... Nous étions ensemble.

– Et elle vous a dit non.

– Exact.

– Aujourd'hui vous vous dites que les choses auraient pu se passer autrement, ce qui augmente votre chagrin.

– On se dit toujours ça après un drame, non ?

– Souvent. Pas toujours.

Lucie se mit à tourner autour de son doigt la bague qu'elle portait à l'auriculaire. Elle la tournait, l'enlevait puis la remettait, tout en se disant que le ton de l'homme qui la questionnait, sa voix adoucie, son presque sourire, elle les trouvait agaçants.

– Cela vous a fait quoi, qu'elle ne rentre pas avec vous ? reprit l'inspecteur.

– C'est-à-dire ?

– Quel sentiment avez-vous éprouvé ?

– De l'impuissance.

– Le fait qu'elle s'oppose à votre décision vous a fait sentir impuissante, j'ai bien compris ?

– Non… Ce n'est pas ça… J'avais peur de ce qui pourrait lui arriver si elle restait en mer. Ce n'était pas contre elle, mais pour elle.

– De décider à sa place ?

– Si vous tentez d'insinuer que nous avions des rapports de force, vous vous trompez. Si vous pensez que l'une d'entre nous cherchait à manipuler l'autre, vous vous trompez encore.

– Oui, bien sûr, vous étiez amies. Entre amies ce type de relation n'existe pas. Entre amies on s'aime, on s'offre de la bienveillance, on échange de la confiance, vingt-quatre heures sur vingt-quatre.

Lucie le regardait pendant qu'il parlait, sa tirade portait en elle de l'aigreur, quelque chose d'acide, peut-être du remords, ou un regret sale perdu dans un brouillard, au coin de nulle part, perdu à l'intérieur de son corps affalé dans son fauteuil de policier, les yeux baissés sur un clavier dont les lettres, s'il avait le courage de les assembler, formeraient des phrases, puis une histoire, qu'il n'avait pas du tout envie de regarder en face.

– Vous êtes jaloux ? interrogea Lucie.

Il leva la tête, son regard récupéra en une seconde le rôle de sa fonction, il dit :

– Je préfère l'amitié entre hommes, plus simple, alors non, je ne suis pas jaloux.

– Plus simple ?

– Oui.

– Qu'est-ce qui vous dérange dans l'amitié qu'Anaïs et moi éprouvions l'une envers l'autre ?

– Toutes ces complications de filles.

– Quelles complications ?

– Les oui, les non, les je ne sais pas… des trucs de ce genre. On peut reprendre l'interrogatoire ?

– Peut-être que l'idée des confidences entre filles, des secrets qu'elles se racontent, c'est parfois dérangeant, je veux dire pour vous particulièrement, en ce moment même.

– Mademoiselle Mandel, j'ai accepté de discuter avec vous de façon posée, apparemment ce n'est pas une bonne idée, vous vous égarez.

– Vous avez accepté de discuter… ? De mémoire je ne vous ai rien demandé.

Chez les Égyptiens, au temps des anciennes civilisations, le Nil était un dieu à part entière, vénéré et honoré pour ses eaux et l'abondance de ses crues. Chez les hindous, le Gange est reconnu pour ses eaux sacrées et purifiantes qui libèrent le croyant de ses péchés et l'âme des défunts. Au sud des États-Unis, le fleuve Mississippi, reconnu comme « le père des eaux », est historiquement le fleuve sacré du peuple mississippien, qui abrite les esprits de la nature, il est pour les habitants une force porteuse de sens et de souvenirs. Chaque fleuve détient un rapport culturel, symbolique et rituel qui lui est propre, mais des caractéristiques similaires s'observent d'une région à une autre : la création de récits emblématiques, une dynamique relationnelle privilégiée, l'eau comme source de vie, le culte de l'offrande et de la purification.

À Nice, j'ai un coin préféré, où l'eau entre les rochers est transparente et bleu turquoise, les vagues, même petites, viennent se casser sur le roc et l'écume, d'un blanc immaculé, forme une mousse généreuse que je tente de retenir entre mes mains. Je reste là, balancée par le mouvement de l'eau, et je prie, ou je remercie, je ne sais qui, je ne sais quoi, de m'offrir la possibilité d'être là, de goûter la liberté, d'avoir le visage mouillé et salé, de recevoir l'éclat d'un soleil qui plonge sur moi. Je dis merci car je ne sais jamais si cette chance va se renouveler, on ne sait rien de la vie et de la mort, des belles surprises comme des catastrophes à venir. Alors merci.

Quand Anaïs me parle et que je suis dans ces pensées-là, je ne l'entends pas. Elle m'envoie de l'eau sur la tête, je la regarde, elle dit t'es encore en train de remercier ton dieu. Je dis toujours non, non je n'ai pas de dieu, seulement ma propre foi, qui commence là, à partir de l'eau, pour s'élever vers le ciel immense au-dessus des océans. Alors elle m'attrape le bras, me met la tête sous l'eau, je lui fais la même chose, et nous dansons, nous dansons sous l'eau et sur l'eau, nous sommes pleines de vie, de force et de joie. Ensuite nous partons nager. Il faut toujours qu'Anaïs dise la première à la bouée. Cette bouée est à trois cents mètres du bord de la plage, elle définit la limite que les gens ne doivent pas dépasser.

Je ne joue pas le jeu d'Anaïs qui se croit à la plage comme à un championnat. Je fais semblant de partir, je reste sous l'eau, nage en direction d'autres rochers qui forment de petites piscines bleues. Quand Anaïs revient je lui dis bon, on peut y aller cette fois ? Nous partons ensemble vers la bouée, nous nageons de concert, en crawl, nager en mer demande beaucoup plus d'efforts qu'en piscine, le courant, les vagues qui forment parfois un obstacle au moment de la respiration, je garde les yeux ouverts, j'aperçois les poissons qui défilent sous mon corps, je vois Anaïs à côté de moi, et bien sûr, nous dépassons la bouée, nous franchissons la limite, nous la laissons derrière nous, nous nageons en dehors du cadre, la mer est à nous, nous sommes en juillet, c'est calme, il fait beau, mais finalement nous n'allons pas si loin car, étonnamment, aussi bien Anaïs que moi-même, pour vraiment nager nous avons besoin d'une piscine, avec des bords, des lignes, une piscine de 50 mètres de long pour pouvoir compter nos longueurs, un chronomètre accroché au mur, le sifflet de notre entraîneur qui donne le départ, nous avons besoin de tout cela pour nous entraîner, nager, et en mer, ni Anaïs ni moi n'arrivons à nager longtemps car nous n'avons pas de repères, alors la liberté, cette belle liberté dont je me targue, que je glorifie, que j'aspire à pleins poumons, je sais que c'est un leurre.

Ce qui m'oblige à me demander : qu'en est-il des offrandes, des eaux sacrées, du Mississippi « père des eaux », du Nil, du Gange, de la purification, de la symbolique, de la renaissance par le baptême ?

Des leurres ?

Et dans le reflet de notre visage à la surface de la rivière, ne voyons-nous que ce qui nous arrange ? Ou ce que nous avons appris de nous-même au travers du regard d'autrui, de diktats, d'injonctions éducatives et sociétales ? Quid de l'acquis et de l'inné ? Au fond, qu'est-ce que c'est, la liberté ? Qu'est-ce que c'est, l'autonomie ? Dans quelle strate de ma vie se loge mon indépendance ?

Journal. Lucie.

On lui indiqua le téléphone. Lucie entendit la voix de maître Vannot. Il voulait savoir si tout se passait bien, si elle avait besoin de quelque chose. Elle dit non. Elle dit merci. Elle parla un peu, l'interrogatoire, l'inspecteur, le bureau. Elle le remercia encore de s'inquiéter pour elle, ajouta que ses parents n'étaient toujours pas au courant de l'endroit où elle se trouvait et que si, finalement elle avait une demande, les avertir. Il répondit bien sûr, évidemment, comptez sur moi. Lucie raccrocha.

– Quand je dis accepté, comprenez je me suis autorisé à dialoguer avec vous sur d'autres sujets que ce qui vous amène ici, expliqua l'inspecteur.

– Ne faut-il pas être pédagogue avec le gardé à vue ?

– Cela dépend de qui j'ai en face de moi.

– Vous préférez me pousser à bout ?

– C'est moi qui pose les questions. Avez-vous vraiment quitté Anaïs pour rentrer ?

– Oui.

– Vous avez des preuves ?

– Oui. Vous les avez aussi.

– Je vous écoute quand même.

– À l'heure de sa mort j'étais déjà arrivée à l'hôtel. Le médecin qui s'est occupé de l'autopsie a dit qu'Anaïs était décédée vers 17 heures, or la réceptionniste m'a donné les clés de la chambre à 17 heures, elle l'a confirmé à la police.

– Anaïs est morte vers 17 heures et non à 17 heures, ce qui laisse une marge de manœuvre.

– Une marge de manœuvre ? Quoi, un quart d'heure ? En un quart d'heure j'aurais fait en sorte qu'Anaïs meure noyée par asphyxie et je serais rentrée à toute vitesse pour me présenter devant la réceptionniste ?

– Peut-être.

– Je suis arrivée tranquillement à l'hôtel, j'avais les cheveux presque secs à cause du vent et du soleil. Appelez la réceptionniste, elle vous le dira.

– Je l'ai fait. Elle ne s'en souvient pas.

– Elle ne se souvient pas de quoi ?

– De tout.

– Ce n'est pas ce que mon avocat m'a dit.

– Il faudra revoir cela avec lui.

– Vous auriez fait comment, vous, en un quart d'heure ?

– Un quart d'heure ou un peu plus, qui sait.

– Exactement. Qui sait ? Personne.

– C'est ce que je dois élucider.

– Vous n'avez aucune charge contre moi.

– Disons que j'ai un faisceau de charges.

– Vous n'avez rien de concret. Pourquoi vous me gardez ici ?

– Parce que vous mentez, peut-être ?

Lucie eut envie de respirer, de sortir de cet espace fermé et de prendre une grande inspiration, sentir la brise sur son visage, elle avait brusquement besoin de marcher, s'éloigner de l'inspecteur, cependant elle allait continuer à rester assise sur cette chaise le temps qu'il faudrait, elle allait tenir bon. Aulnes aurait pu dire d'accord, vous êtes libre mais je vous ai à l'œil, seulement il ne l'a pas fait, il a dit qu'elle mentait, il a retourné la situation, ce qui signifiait qu'il la voulait avec lui jusqu'à ce qu'elle craque. Cela n'arrivera pas.

Terminé l'entraînement, je dois laisser reposer ma cheville. Je suis allongée sur la pelouse, pas très loin de la piscine, j'entends les remous de l'eau pendant que les autres nagent. J'ai très envie d'être dans le bassin avec eux, de partager l'entraînement avec eux, pas seulement nager, mais échanger des petites phrases entre deux séries d'exercices, ou rire en sortant de la piscine, sous les douches, dans les vestiaires. Les entraînements font partie de la complicité d'une journée, ne pas s'y trouver c'est être absent de moments clés du groupe.

Je suis absente. Seule. Je suis allongée sur l'herbe, la cheville entourée d'une bande. J'observe la valse des oiseaux, la danse des nuages, les arbres alignés au bord de l'allée qui mène à la piscine. Une corneille se pose sur une branche, tache noire dans le feuillage rutilant, un cri répété, son éraillé qui sort d'un bec pointu. Je l'écoute, je n'aime pas son chant. Elle finit par s'envoler, je la suis du regard, l'oiseau se pose sur une autre branche, plus loin, la corneille braille mais l'écho de son cri ne vient pas de mon côté, je reprends le fil de mes pensées.

C'est impossible. Anaïs ne m'a pas poussée. Pourquoi l'aurait-elle fait ? Nous ne concourons pas dans les mêmes disciplines, nous sommes deux éléments d'un même relais. Elle n'a pas fait cela, je le sais au plus profond de moi. Anaïs a un caractère bien trempé, elle aime attirer l'attention, mais elle n'est pas mauvaise. Pousser quelqu'un avant un championnat dans l'espoir que cette personne se blesse est un acte malveillant, un geste d'une lâcheté sans nom, Anaïs n'est pas lâche, elle monte toujours sur le plot de départ avec la hargne de gagner, un mental d'acier, et dans ce but elle ne ménage pas ses efforts pendant les entraînements. Surtout, elle n'a pas besoin de m'éliminer, je suis son alliée, pas sa concurrente. Nos adversaires nagent principalement au Racing Club de France. Nous, nous sommes l'ASPTT, le club de la Poste. Il ne faut pas se fier aux apparences, le Racing nous craint.

Si elle ne m'a pas poussée, ce dont je ne peux être que certaine, pourquoi l'ai-je pensé ? Pourquoi ai-je eu ce réflexe de l'imaginer coupable ? Peut-être parce que je me sens honteuse de cet incident stupide, et que c'est toujours plus facile d'invoquer une cause autre que soi-même. Je me déteste. Si j'avais été seule lors de ma chute, je n'aurais jamais eu de doute quant à Anaïs. Mais elle était là, derrière moi, j'ai presque senti sa main dans mon dos. Or c'est faux.

Petite fille, alors que j'étais en train de couler, j'ai eu le sentiment qu'il y avait une possibilité de respirer sous l'eau. Hier je suis tombée et j'ai eu le sentiment qu'on me poussait. Dans les deux cas mon imagination s'est mise en action, elle a créé une autre réalité. Instinct de survie ? Échapper à ma propre peur en modifiant ce qui est en train de se passer ? Ajouter des éléments fictifs qui me sauveraient d'un danger ? Qui combleraient mon impuissance ?

Et en septembre, à Saint-Tropez, je me suis trouvée seule avec cet homme, comment s'appelait-il déjà, ah oui, Martin, je me suis retrouvée avec Martin qui a failli me tuer sur la route, dans les lacets sur la falaise en bord de mer, Martin qui piquait sa crise, homme de quarante ans qui ne savait toujours pas gérer ses émotions, qui buvait pour s'oublier, bouffi par son existence aux relents d'alcool et de colère, je m'énerve là, je sens bien que je m'énerve en écrivant mon journal, mais cela est arrivé, Anaïs m'a laissée tomber pour ce débile de Jérémy et moi j'ai failli me retrouver écrasée dans l'habitacle d'une voiture dont le moteur vrombissait aussi fort que ceux du prix de Formule 1.

Je viens de me relire.

J'ai écrit qu'à Saint-Tropez Anaïs m'a laissée tomber.

J'ai écrit qu'hier Anaïs m'a peut-être poussée.

J'ai aussi pensé qu'elle n'a fait aucun geste pour éviter que je chute.

J'écris de nouveau ceci.

Est-ce son rôle de me sauver ?

Non.

Ma main tremble en notant ces mots.

Ma main tremble, lâche le stylo qui atterrit sur mon cahier.

Je le reprends entre mes doigts.

Je veux écrire encore.

Je note la phrase suivante.

Il est tard maintenant, je devrais dormir, je ne vais pas pouvoir, occupée à fixer la tache que l'encre vient de laisser sur mon cahier, une tache noire qui commence à déteindre sur les autres pages, à les marquer, les embarquer dans son sillage, dans sa noirceur, dans mon chaos, ma confusion envers Anaïs que j'aime si fort et cependant, sur mes épaules le poids est lourd, elle n'a rien fait pourtant, rien d'autre que se tenir à mes côtés depuis que nous avons onze ans.

Je suis fatiguée.

Journal. Lucie.

– Je ne mens pas, dit Lucie.

– Peut-être, mais vous n'êtes pas très concluante, répondit l'enquêteur.

– Je suis innocente. C'est assez concluant ?

– Quel type de relation aviez-vous avec Anaïs ?

– Nous étions amies, et coéquipières.

– Coéquipières, expliquez-moi.

– Nous étions dans le même club de natation, mais vous le savez. Dans le relais 4 nages j'étais la dossiste et Anaïs la crawleuse, je démarrais le relais, elle le terminait, au milieu il y a le papillon et la brasse. Donc nous étions coéquipières dans cette discipline. Les quatre nageuses d'un relais forment un tout lors d'une compétition, elles sont ensemble et ce mot, lors d'un championnat, prend tout son sens. Chacune s'appuie sur la force des autres, sa précision, sa concentration, son esprit d'équipe.

– L'esprit d'équipe, justement… Anaïs et vous, avez-vous été coéquipières jusqu'à la fin ?

– Jusqu'à ce que je quitte le club, vous voulez dire ?

– C'est ça.

– Oui, nous l'étions jusqu'à la fin, sans l'ombre d'un doute.

– Pourquoi avez-vous arrêté la natation ?

– Parce que je me suis fait une entorse avant mon dernier championnat de France.

– Vous avez baissé les bras ?

– Non, je me suis fait mal au pied.

– Et vous êtes partie du club.

– Ça faisait dix ans que je menais cette vie, j'ai eu envie d'autre chose.

– De quoi ?

– De découvrir l'extérieur, ce qui se passait en dehors du club.

– Vous êtes partie à cause d'Anaïs ?

– Je suis partie parce que j'avais fait mon temps.

– Vous ne supportiez plus Anaïs ?

– J'aimais Anaïs. Je peux avoir un verre d'eau ?

– Vous l'aurez.

– Je peux avoir un verre d'eau maintenant, s'il vous plaît ?

L'enquêteur décrocha son téléphone, demanda qu'on apporte de l'eau dans son bureau. Deux minutes après on frappa à la porte, carafe d'eau, verre en carton, remerciement. Voilà, se dit Lucie, j'ai cassé le rythme des questions.

– Ça va mieux ? interrogea Aulnes.

– Oui, merci.

– Vous pouvez donc répondre.

– À quoi ?

– Êtes-vous partie du club car vous ne supportiez plus Anaïs ?

– Non.

Casser le rythme d'une conversation, c'est comme casser le rythme d'un entraînement sportif, on est dans le mouvement, on tient la barre, mais si quelqu'un ou quelque chose vient entraver cet élan, même quelques minutes, le redémarrage ne peut se calquer sur le temps juste avant le dérangement. C'était ce à quoi assistait Lucie, d'autant plus qu'elle continuait à boire son eau, avec lenteur, ce qui ne pouvait qu'importuner l'homme posté à son bureau, les gestes qu'elle faisait, poser son verre par terre, le reprendre, les gestes qu'elle faisait exprès, qu'elle exécutait pour que l'enquêteur soit privé d'un visuel statique qui pourrait l'aider à reprendre tout de suite le fil de ses idées, alors elle bougeait.

– À quand remonte votre dernière dispute avec Anaïs ?

– Jamais, rétorqua Lucie.

– Mais encore ?

– Nous ne nous sommes jamais disputées.

– Très bien… Jamais… Vous passez dix ans de votre vie aux côtés d'une personne et rien, pas une mésentente.

– On peut être en désaccord sans se disputer.

– Sur quoi étiez-vous en désaccord avec Anaïs ?

– Je ne sais pas, des broutilles d'adolescentes.

– Soyez précise.

– Je ne sais plus, des choses sans gravité.

– Vous ne vous disiez pas tout, alors. Chacune gardait pour elle ses reproches envers l'autre.

– De quels reproches parlez-vous ? demanda Lucie.

– Dites-le-moi.

– Je ne sais pas, vous avez l'air plus au courant que moi. Vous nous aviez mises sur écoute ? Anaïs et moi étions un danger pour la société ?

– Ça vous amuse… Je dirais plutôt un danger l'une pour l'autre.

– Vous nous connaissiez ?

Aulnes se mit à taper sur son clavier. Quand il releva la tête Lucie l'interrogea du regard, il répondit par un demi-sourire, replongea dans son procès-verbal. Bien sûr, se dit Lucie, c'est lui qui pose les questions. Elle était du mauvais côté du bureau, du mauvais côté de l'histoire, mais parfois il suffit de quelques secondes, quelques minutes, pour que change le cours d'une vie, qu'il prenne une autre direction, elle en savait quelque chose, son entorse avait redéfini son chemin. Aulnes pouvait bien taper sur son clavier, casser à son tour le rythme des questions, Lucie ne s'en trouvait pas gênée, elle le regardait faire, patiente.

« L'eau est l'organe du monde. » Gaston Bachelard, philosophe. Sans eau, pas de vie. L'eau nourrit la terre, certes, mais elle est aussi la principale constituante de mon corps. La quantité moyenne d'eau contenue dans mon organisme est d'environ 65 %. L'eau est indispensable pour assurer mes différentes fonctions organiques. Sans eau mon corps se détériore. Pour mon cerveau, idem. Cette partie de moi est constituée de 85 % d'eau. En fait, je suis une partie de l'eau et l'eau est une partie de moi.

Outre le fait de boire et manger, ce qui maintient la bonne régulation de l'eau dans mon cerveau et dans mon corps, c'est la respiration, et le sport. Respirer en nageant donne au cerveau de nouvelles informations, différentes de celles que je reçois à l'air libre. Si on a eu la chance, comme moi, de couler dans le plus grand calme, on sait d'instinct ce que veut dire « la vie originelle ». Au contact de l'eau, l'esprit s'emplit d'une paix profonde, immersive, fortifiante. Ce contact ramène à la première perception de la vie, la toute première. Wallace Nichols donne un nom au lien homme-eau, c'est « l'esprit bleu ». L'esprit bleu fait référence aux changements neurologiques, psychologiques et émotionnels que mon cerveau subit lorsque je suis dans l'eau ou près de l'eau. Il s'agit d'un état naturel que nous connaissons tous instinctivement mais que beaucoup d'entre nous ont oublié. Il se caractérise par un sentiment de paix, d'unité, de satisfaction dans le moment présent. Cet état est inspiré par les éléments qui sont associés à l'eau (hydrogène et oxygène), par la couleur bleue (bien qu'à l'origine transparente), et le sentiment d'immersion qui s'opère en nous, ne serait-ce qu'en la regardant ou en l'écoutant, l'écoulement d'une fontaine, le clapotis des vagues, l'ondulation d'un lac, le flux d'une rivière, le refrain d'une cascade. Pour moi, chacun de ces chants est un souvenir lointain que je ne cherche pas à déterminer, je me laisse porter par la partition de l'eau dont j'ai la sensation de connaître les notes, la mélodie, les silences qui n'en sont pas, qui n'existent que pour la rendre plus vivante encore, plus présente.

Edward O. Wilson, biologiste et naturaliste, a utilisé le terme *biophilia* pour décrire son hypothèse selon laquelle un lien intuitif entre la nature et l'homme est ancré dans les gènes de l'humain. L'homme est instinctivement lié à la nature, à l'eau, et ce physiquement, cognitivement, émotionnellement. Le concept de biophilie renvoie au besoin inné de l'homme de s'intégrer au monde naturel. Ayant perdu ses repères, l'homme moderne cherche à renouer, parfois sans s'en rendre compte, avec son amour pour le vivant. Un amour inné, aussi fort qu'indispensable. Le contact visuel avec l'eau et la nature procurerait des effets rassurants et bénéfiques sur le cerveau. Aussi simple que cela puisse paraître, l'homme y retrouverait ce qui lui a permis de vivre depuis des siècles.

John Jerome, auteur américain, ajoute un élément important à tout cela. Entrer dans l'eau, c'est aussi vivre le moment présent dans une totale proximité de ce que l'on est. Entre soi et l'eau naît l'intimité, l'eau n'est à ce moment ni marchandise ni ressource, c'est un cadre de reconnexion.

Je me souviens que, dans la même piscine où j'avais coulé, j'ai vu un homme arriver avec son bébé, il s'est posté au bord du bassin, et tout à coup il a jeté le nourrisson dans l'eau. Je n'ai pas réagi, j'observais, le père avait l'air confiant. L'enfant n'a pas eu le temps de couler mais sa tête était sous l'eau, il n'a pas eu de réflexe particulier, en tout cas pas dans mon souvenir, mais peut-être l'ai-je associé à moi lorsque je glissais au fond de cette piscine sans réaction. Puis le père a plongé, pris son enfant dans ses bras avec un grand sourire, ensuite il l'a lancé en l'air en le laissant retomber dans l'eau, l'a repris dans ses bras, l'a relancé dans l'eau, trois fois de suite. Cette cérémonie s'est terminée par un grand rire du père qui a embrassé son enfant. Le petit avait l'air bien. Cette scène m'a autant marquée que ma propre noyade par l'ambiance sereine et confiante qui l'accompagnait.

Alors je me demande, au vu de tout ce que j'ai observé, expérimenté et appris sur l'eau, pourquoi certaines personnes en ont peur. Que leur est-il arrivé pour qu'elles soient effrayées ? En quoi l'eau appuie sur le bouton terreur, impossibilité, immobilisme, alors qu'elles portent dans leur corps l'élément qui les effraie à l'extérieur ? Quel souvenir inconscient a parasité leur mémoire ? Quel mauvais coup du sort les a déconnectées de ce qui devrait être pour ces personnes le retour à une paix ancestrale, le temps d'une baignade ?

À l'inverse, Anaïs a voulu braver le froid de l'océan, m'obligeant à me disputer avec elle. Pourquoi s'est-elle fermée à moi malgré mes injonctions à retourner sur la plage ? Que lui est-il passé par la tête ? Voulait-elle me provoquer ? Se débarrasser de moi ?

Le doute permet-il d'avancer ?

Journal. Lucie.

– Pardon d'insister mais vous nous connaissiez, Anaïs et moi ? demanda Lucie.

– Pas jusqu'à ce que vous prenne la folie de noyer votre amie.

– Parce que j'ai l'impression que vous parlez avec des sous-entendus.

– Impression n'est pas vérité, les gens n'arrivent pas à faire la différence, répondit Aulnes.

– Vous pensez qu'Anaïs et moi étions un danger l'une pour l'autre, c'est ce que vous avez dit.

– Oui, je dis que c'est possible.

– Mais impression n'est pas vérité...

– Vous étiez avec elle peu de temps avant sa mort.

– J'étais très souvent avec elle.

– Vous étiez amoureuse d'Anaïs ?

– Si l'amitié est une forme d'amour, oui.

– Étiez-vous possessive par rapport à Anaïs ?

Lucie se retint avec force de lui répondre et vous ? Qui êtes-vous ? Votre teint gris, vos cernes, vos ongles rongés, qu'est-ce que je dois en penser ? Moi aussi je peux tirer des conclusions. Une belle et grande conclusion qui vous clouerait au pilori.

– Je ne suis absolument pas possessive.

– À votre avis, pourquoi vous ne pleurez pas ?

– Pour l'instant je tiens sur les nerfs.

– Vous avez peur ?

– Non.

– Pourquoi sur les nerfs ?

– Je suis dans ce bureau, retenue par quelqu'un qui veut m'envoyer en prison.

– Donc vous avez peur.

– Évidemment, vous m'accusez à tort.

– Avant d'arriver ici, avez-vous pleuré en pensant à Anaïs ?

– J'étais terrassée par la nouvelle. Je n'arrive toujours pas à y croire.

– Que vous l'ayez tuée ? Que vous soyez devenue ce monstre ?

– Ce n'est pas moi le monstre, et d'ailleurs pourquoi avez-vous parlé de folie tout à l'heure ?

– Assassiner quelqu'un, ça vous paraît normal ?

– Je vous pose la question.

– Vous allez passer aux aveux, croyez-moi, mademoiselle Mandel.

Lucie fut surprise de voir Aulnes se lever de son fauteuil. Tout à coup, sans préambule, il était debout.

– Qu'est-ce que vous faites ? Vous allez me torturer comme dans les films ou les dictatures ? interrogea Lucie.

– Je n'aime pas rester assis trop longtemps.

– C'est vrai que ça devient long.

– Vous voulez que l'interrogatoire se termine ? Dites-moi la vérité.

– Je pensais que ça devenait long pour vous parce que vous êtes un hyperactif.

– Ah… d'où vous vient cette trouvaille ?

– J'observe, comme vous.

– Vous avez beaucoup surveillé Anaïs ?

– Ou bien vous êtes un nerveux.

– Vous l'avez beaucoup surveillée ?

– Ou nerveux tout court.

– Vous aviez l'habitude de la surveiller, oui ou non ?

– Pour quoi faire ?

– Parce qu'elle vous échappait, par exemple.

– Par exemple non.

Le téléphone sonna, Aulnes hésita, grimaça, il regarda le téléphone, puis Lucie, puis de nouveau le téléphone.

– Elle était jolie, Anaïs, dit-il.

– …

Le téléphone redevint silencieux.

– Plus que vous, ajouta-t-il.

– C'est votre avis.

– Elle était la meilleure en natation, la plus jolie, elle était intelligente, libre…

– Vous en savez des choses, dit Lucie.

– Il y a eu un rapport sur Anaïs dont j'ai scruté les détails, c'est mon…

– Travail, oui, je sais.

Il faisait les cent pas dans le bureau étroit. D'abord Lucie lui avait dit qu'elle n'avait pas peur, ensuite qu'elle avait peur, et voilà que l'inspecteur Aulnes se retrouvait au point mort. Il marchait, tournait en rond. Bien sûr Lucie voyait qu'il essayait par différents moyens de lui faire dire qu'elle était possessive, qu'elle voulait Anaïs pour elle, mais comme son amie lui échappait la folie l'avait prise, alors elle l'avait noyée, Anaïs, l'amie qu'elle chérissait plus que tout, qu'elle chérissait trop et mal, selon l'enquêteur. En somme elle était folle, ou bien elle avait été prise d'un accès de folie, bientôt il allait lui dire qu'après un examen psychiatrique elle serait déclarée irresponsable et aurait une réduction de peine, ou bien on l'enverrait dans une prison où elle subirait des soins, ou rien de tout cela, elle serait derrière les barreaux et point final. Aulnes le justicier, le roi des gardes à vue était en train de résoudre l'affaire, son affaire.

C'est le championnat de France, je suis dans l'eau, ligne 5, mes mains sont accrochées aux poignées du plot de départ, mon dos arrondi, je suis recroquevillée, mes pieds calés sur l'émail de la piscine, et bientôt le signal, 100 mètres dos, il va falloir pousser très fort avec les pieds sur la paroi du bassin. Coup d'envoi, sifflet, les nageuses n'ont qu'une idée en tête : faire un départ avec le plus d'élan possible, glisser sous l'eau mais pas trop en profondeur, en ressortir avec un temps d'avance sur les autres, les bras alignés derrière la tête, droits mais souples. Le départ est un point crucial dans le sport, mais il ne fige pas une compétition, tout peut arriver dans une course, en natation on peut encore se départir au second 50 mètres, avoir assez de souffle et de force pour passer devant les autres, même de quelques centièmes de seconde.

Je suis la cinquième dossiste de France. Le but est de faire mieux, bien sûr. Monter sur le podium. Mon entraîneur nous a toujours fait travailler dans une ambiance de confiance, et la seule fois, en ce qui me concerne, où il s'est mis en colère, c'était parce que je faisais l'andouille sous les douches lors d'une compétition. Il avait raison, ce n'était pas sérieux de ma part, j'avais envie de m'amuser, je n'étais pas concentrée alors que je devais concourir pour le 50 mètres crawl. J'étais bonne en crawl, moins qu'Anaïs dont c'était la spécialité tandis que moi c'était le dos, mais je me défendais bien. Mon entraîneur ne m'a pas ménagée, son regard m'a fusillée, le ton de sa voix était sans appel, ça suffit, retourne dans les gradins, c'est bientôt ton tour, reprends-toi. Ce que j'ai fait. Je ne l'avais jamais vu dans cet état, je n'en menais pas large. J'ai repris ma place sur les gradins, je n'ai plus bronché. Résultat, non seulement j'ai battu mon record au 50 mètres crawl, mais je suis passée en dessous des trente secondes, vingt-neuf exactement, c'était une victoire, un beau cadeau pour mes quinze ans. Je suis sortie de l'eau, j'ai enlevé mes lunettes, mon bonnet, je suis retournée près de mon entraîneur et j'ai vu son regard qui brillait, il était satisfait, content, il a dit tu vois quand tu veux. Conclusion, il faudrait que je me fasse engueuler avant chaque compétition, apparemment ça me remet d'équerre direct.

Dans ma ligne 5, ce jour-là, c'est autre chose. Mon entraîneur dit, avant que je me mette à l'eau, tu es là, tu réponds présente, c'est bien. Dos arrondi, pieds calés, coup d'envoi. Ma cheville enflée, blessée, stoppe l'impulsion que ma jambe doit insuffler à mon pied pour le départ qui, en dos, se fait dans l'eau. Je n'ai qu'une jambe pour prendre de l'élan contre le mur de la piscine, l'autre ne répond pas. Je le savais, évidemment, ce qui allait se passer, je le savais et en même temps je découvre à quel point mon corps est désarticulé, déséquilibré, que mes gestes n'ont aucune coordination. Je suis obligée de redoubler d'effort mais cela ne sert à rien, mes jambes me font défaut et de ce fait mes bras n'ont plus d'appui, l'ensemble de mes mouvements s'exécute dans le chaos le plus complet, je suis un phoque qui se noie dans une ligne d'eau. Dès le départ je suis dernière, je nage comme je peux, les premiers cinquante mètres je me sens prise dans un filet, je me débats, mon corps ne suit aucune directive, il ne peut pas, moi-même je suis perdue. Ensuite le retour, les nageuses sont de plus en plus loin devant moi et, lorsqu'elles touchent l'arrivée, je continue de nager, je sais qu'à présent je suis seule dans le bassin, que dans les gradins on me regarde, même si tout le monde comprend qu'il y a forcément un problème, même si je ne rencontre pas le regard de ces gens, c'est le championnat de France et je suis là, sans mes jambes, à essayer de terminer la course à la force de mes bras. Ce doit être un spectacle étrange. J'ai prévu d'aller jusqu'au bout, alors il va falloir attendre un tout petit peu pour donner le départ de la course suivante. J'allonge mes bras derrière moi, les ramène le long de mon corps, recommence, j'essaie de glisser, je brasse autant d'air que d'eau, je suis un problème mathématique qui n'a aucune résolution. Je vois enfin la corde de fanions alignée au-dessus de la piscine. Lorsque je nage en dos, cela signifie qu'il me reste quatre passages de bras pour toucher le mur d'arrivée, mais là je n'en sais rien du tout, je sais seulement que c'est bientôt la fin, au point où j'en suis je bascule la tête en arrière pour voir à quelle distance se trouve le mur, que m'importe de perdre d'autres secondes. Finalement mon bras, dans un geste devenu mécanique à la fin de cette course, mon bras s'allonge une dernière fois et ma main touche la paroi de la piscine. J'ai le cœur qui bat à cent à l'heure, la gorge sèche, les muscles comme du béton, je ne sais pas comment j'ai fait pour ne pas boire la tasse. Je sors de la piscine, je me hisse sur l'échelle, toujours avec les bras et une seule jambe, je m'assois sur le sol que je trouve froid tant mes efforts m'ont donné chaud, ou bien parce que je suis fatiguée et que les effets se font déjà sentir. Mon entraîneur me rejoint avec ma serviette, il me frotte le dos, nous sommes silencieux, je n'ai rien à dire de ma course qu'il ne sait déjà.

Journal. Lucie.

– Vous voulez la justice pour Anaïs, n'est-ce pas ? dit Aulnes.

– Il le faut, bien sûr.

– Et conférer de l'humanité à cette disparition tragique ?

– Que voulez-vous dire ?

– Pour elle, pour Anaïs, ce serait bien de ne plus attendre.

– …

– Vous voulez que je vous guide dans la formulation de vos aveux ? Cela vous aiderait ? proposa l'enquêteur.

– Je n'ai pas besoin d'aide.

Lucie regarda Aulnes en train de retourner s'asseoir à son bureau, elle considéra les traits tendus de son visage qui se détricotaient, un apaisement qu'il tentait de cacher par de l'indifférence. Elle n'en revenait pas de le voir ainsi, d'assister à une transformation aussi rapide sur un visage. Maintenant il tenait ses mains au-dessus du clavier, prêt à taper sur les touches comme s'il ne s'était rien passé durant ces dernières heures, comme si Lucie avait répondu oui à toutes ses questions. « De l'humanité à cette disparition tragique », ou comment agencer de jolis mots pour obtenir ce que l'on veut.

– Cela apporterait quoi, que j'aille en prison ? demanda-t-elle.

– L'ordre, la sécurité pour notre société... Dois-je vraiment répondre ?

– Je reprends, cela vous apportera quoi, que j'aille en prison ?

– À moi ?

– Oui, à vous.

– Je ne suis qu'un maillon de la justice, votre question est hors de propos.

Hors de propos, se répéta Lucie, hors de propos de la dignité, sûrement, en revanche tout à fait à propos de la folie destructrice. Zygmunt Bauman appelle notre façon d'être « la vie liquide » car nous avons aujourd'hui un besoin viscéral de vivre dans la rapidité, de jeter après utilisation, de mettre de côté, de passer à autre chose à la vitesse de l'éclair. Nous n'avons même plus conscience que nous nous broyons nous-mêmes, comme autant de déchets dans un camion poubelle. Ma question est tout à fait à propos, voilà ce que je dis, « la vie liquide » s'applique aussi à la violence, verbale et physique, on bafoue, on agresse, on tue de plus en plus souvent, parfois en un rien de temps, on frappe les autres avec les poings, avec les mots, c'est le consumérisme de la cruauté, des coups et du meurtre. Ensuite les évènements font du bruit dans l'hémicycle, on s'indigne on tape du pied on se révolte, parfois il y a un sursaut, une sanction exemplaire, et puis ça recommence, le lendemain ça recommence.

– Vous êtes avec moi ? s'enquit Aulnes.

Non, se dit-elle, je ne suis pas avec vous, je réfléchis, n'ai-je pas le droit de réfléchir ? De prendre mon temps ? Vous si pressé de me faire avouer, de me passer à la broyeuse, et puis je me demandais, depuis le début de l'interrogatoire je me demandais, comment se fait-il que vous connaissiez Zygmunt Bauman, d'où tenez-vous ses recherches ? Qui vous en a parlé ? Êtes-vous féru de sociologie ? Je ne crois pas.

– Je faisais une pause, répondit Lucie.

– Je comprends. Vous vous sentez prête maintenant ?

– …

– Mademoiselle Mandel ?

L'inspecteur Aulnes prit plusieurs inspirations, discrètement. Il ne fallait pas effrayer Lucie Mandel, pensa-t-elle. Il ne fallait pas effrayer Lucie Mandel car l'objectif était de la faire passer aux aveux et de fermer la porte du bureau derrière elle, définitivement. Lucie exécrait cette phrase qu'elle venait d'entendre, pleine de condescendance, « conférer de l'humanité à cette disparition tragique ». Nous ne sommes pas au jardin d'enfants, se dit-elle, nous ne sommes pas en train de colorier une image pré-dessinée, Anaïs est morte, Anaïs n'est plus là. Monsieur l'enquêteur du commissariat national de Nice, avec tout mon respect pour votre profession, surtout par respect pour cette profession, ce serait bien de troquer vos dessins et vos bons points pour une franche conversation, de celles qui s'insèrent dans un code d'honneur.

– Mademoiselle Mandel ?
– Je suis là.
– Nous pouvons commencer ?
– Commencer, oui, bien sûr... Je vais commencer par me lever, sortir d'ici, ne soyez pas inquiet nous pourrons, comment dire, échanger tous les deux une correspondance. C'est ça ! C'est le mot que je cherche depuis tout à l'heure, correspondance !
– Vous voulez quitter le commissariat ?
– Voilà ! C'est fou, je suis ici depuis des heures et

je n'ai même pas eu l'idée de partir. Ce qu'on peut être bête parfois.

– C'est fini, votre comédie ? J'ai du travail.

– Absolument, vous avez du travail, je ne vais pas vous faire perdre plus de temps. Je vous enverrai mes aveux par mail, mes aveux et même, parce que c'est vous, j'ajouterai en pièce jointe ma lettre de motivation. C'est bien ça, une lettre de motivation… pour meurtre.

Je suis remontée dans les gradins, mon entraîneur s'est occupé de ma cheville, ensuite je ne me souviens pas. J'ai sûrement attendu la fin du championnat, sans doute suivi la course d'autres nageurs, je ne sais plus. Un souvenir tout de même, Anaïs au 100 mètres crawl, ses bras qui s'allongent, ses mains alignées, un prolongement parfait du mouvement, sa tête qui sort à peine de l'eau pour respirer et de ce fait des millièmes de seconde gagnés. C'est un infiniment petit, des millièmes de seconde, mais quand on nage en compétition cela devient un infiniment grand. Le sport apprend cela, que ce qui n'a pas d'existence pour les uns peut être très important pour les autres, ce n'est ni bien ni mal, le conflit commence dès lors qu'une personne veut que son infiniment grand le devienne pour tout le monde. Dans l'eau, cela ne se produit pas, c'est un espace sauvé de la misère autoritaire.

Anaïs monte sur le podium, médaille d'or, qualifiée pour le championnat d'Europe. Je suis tellement heureuse pour elle. À part cela, peu de souvenirs. Je ne sais pas ce que j'ai fait après la compétition, mes parents ont dû me raccompagner, je crois que j'ai lu toute la soirée, allongée sur mon lit, ma cheville blessée sur un coussin. La lecture remplace la natation pendant le mois d'août, puisque je ne peux pas bouger. Beaucoup de livres et de journaux s'entassent sur ma table de chevet, puis au sol. Je griffonne des textes sur des feuilles libres qui se sont envolées je ne sais où. Parfois je ne fais rien, mes pensées vagabondent, elles vont et viennent, s'endorment et se réveillent, puis se précisent.

Anaïs ne m'a pas poussée dans le couloir, je suis tombée, mon corps a parlé, il a pris une décision pour moi. C'est maintenant une évidence. Il y avait quelque chose dans ma tête que je n'arrivais pas à définir, sur quoi je butais, à me demander pourquoi ci pourquoi ça, à me sentir fatiguée, mais de quoi ? Mon corps a pris le relais, il a chuté, stoppé le temps pour moi, et tout ce qui faisait ma vie. À présent il n'y a plus de natation, plus d'activité, plus d'Anaïs avec qui je devais partir faire un stage de surf dans le Sud-Ouest. Je suis à Nice, je vois la mer de loin, les jours du mois d'août passent et je commence à tout voir de loin, et autrement.

Je suis tombée parce qu'il le fallait. Je suis tombée parce que cela fait dix ans que je nage, que je vais de compétition en compétition, de stage en stage, que je vis avec Anaïs une relation quotidienne, tous les jours de toutes les semaines de tous les mois de l'année, avec intensité. Maintenant, soustraite à cette vie, retranchée dans ma chambre, je sais. Cela va être dur, mais j'ai pris ma décision. J'arrête. Mon entraîneur sera déçu, mais j'arrête. Anaïs ne va pas comprendre, mais j'arrête. Je suis tombée juste avant le championnat, c'est un fait, je ne peux pas l'ignorer, mon cerveau se refusait à toute décision, mes jambes ont pris le relais, se sont empêtrées dans le tapis, m'ont obligée à rester dans ma chambre, parce que c'était nécessaire.

Mon corps a bien fonctionné, il n'a pas faibli, pas une fois en dix ans. Je ne sais même pas comment j'ai appris à nager. À six ans j'ai coulé, on m'a remontée, à neuf ans j'étais une championne de natation, à neuf ans, aussi, quelqu'un m'a blessée, humiliée, rabaissée, moi qui n'étais qu'une petite fille. Alors j'ai nagé, et nagé, et nagé.

Anaïs sans relâche à mes côtés. Anaïs à qui je me suis confiée, qui a accueilli et gardé mon secret, et moi, des années plus tard, il y a à peine deux semaines, qu'est-ce que j'ai fait ?

J'ai failli la rendre responsable de ma chute.

Et ensuite, cela aurait été quoi ? Je l'aurais accusée de quoi ?

Dire qu'à cause d'elle, et non d'un autre, mes rêves d'amour se sont fracassés ? Que par sa faute, et non celle d'un autre, ma confiance s'est engouffrée dans le noir ?

Je refuse de devenir cette personne.

Voilà pourquoi il est temps que j'arrête.

Journal. Lucie.

– Vous avez dit tout à l'heure qu'Anaïs était plus jolie que moi.

– C'était maladroit, je...

– Non, c'est pas ça... Enfin si, c'était totalement maladroit, et mesquin, mais je me disais... parce qu'on peut pas dire non plus que je fais partie du Guinness de la mocheté, on n'en est pas là, je ne fais pas fuir par ma laideur... Si ? Non, on est d'accord. Vous trouvez Anaïs plus jolie que moi et vous en avez le droit, mais tout à l'heure vous l'avez formulé, vous avez pris le temps de me le faire remarquer, alors il y a deux hypothèses, soit...

– Je vous dis que je suis désolé. C'était stupide de ma part. Et mesquin, vous avez raison.

– Soit vous vouliez voir ma réaction, si j'étais jalouse, si cette phrase allait me mettre en colère ou me faire grincer des dents, soit vous la trouvez très jolie et dans un moment d'inattention vous vous êtes laissé aller à le dire, sauf que la seconde hypothèse me semble totalement improbable.

– En effet, c'est mon travail de vous tester.

– Vous aimez bien ce mot, travail.

– Je l'utilise souvent pour que vous compreniez bien que ça l'est.

– Oui, enfin j'imagine que si j'appelle les pompiers, une fois arrivés ils ne vont pas me dire toutes les deux minutes on va éteindre le feu c'est notre travail. Non, ils vont éteindre le feu.

– Justement, c'est ce que je fais, éteindre le feu. Quand je vous dis c'est mon travail cela recadre la situation, ce mot rappelle au gardé à vue l'endroit où il est, pourquoi il y est, afin que cette personne ne se croie pas dans un jeu vidéo.

– Je vous ai donné l'impression de fuir la réalité, d'esquiver l'interrogatoire ?

– D'une certaine manière, oui. Vous ne répondez à rien.

– Je vous réponds. J'ai répondu à chacune de vos questions.

– Vous êtes fuyante, je vais l'écrire dans le procès-verbal.

– Je fuis ?

– Vos réponses ne sont pas appropriées.

– Et vous en déduisez que j'ai tué Anaïs, vous trouvez que c'est approprié, ça ?

– Alors soyez précise.

– Vous la connaissiez, Anaïs, pour la trouver si jolie ?

– Vous voyez, vous fuyez, vous changez de sujet.

– C'est Anaïs le sujet, je parle d'elle, là, maintenant. Vous la connaissiez ?

– Non. Et c'est une réponse claire.

– C'est particulier… On parle des morts de cette manière dans les commissariats ? On dit dommage qu'elle soit morte parce que vu les photos c'était une bombasse ?

– Ça arrive, oui. On n'est pas dans un hôtel cinq étoiles. Ici c'est le gouffre, le souterrain, c'est l'endroit qui ingurgite des personnes abîmées, très abîmées, alors désolé que ça vous choque mais les rues dégueulent dans les commissariats les immondices de l'humanité et il arrive, en effet, que ceux qui travaillent dans ces lieux s'égarent en parole. Je doute que vous puissiez comprendre.

– Moi aussi je suis abîmée.

– À cause d'Anaïs ?

– J'ai été abusée à l'âge de neuf ans.

– Vous avez été violée ?

– Abusée. J'avais neuf ans, c'était l'été, je passais mes vacances dans la résidence de mes grands-parents, un endroit sécurisé, où tout le monde se connaissait, une résidence cinq étoiles, eh oui, comme quoi… Tous les enfants et les jeunes de la résidence jouaient ensemble. Ce soir-là c'était une partie de cache-cache dans le parking privé, notre grande salle de jeux à nous, il faisait noir, j'avançais pour me trouver une cachette quand brusquement je me suis retrouvée immobilisée, avec une grosse langue dans la bouche qui m'empêchait de dire quoi que ce soit. Ensuite, chaque été, les gestes de ce garçon ont fouillé de plus en plus mon intimité.

– Vous n'avez pas porté plainte ?

– Je fais partie de la grande majorité des retardataires. Ce n'est pas si facile de porter plainte. J'avais neuf ans et cette langue dans ma bouche m'a coupé la parole. Je vous passe le couplet c'est de ma faute, je l'ai cherché, c'est moi qui. On s'accuse car c'est impossible que quelqu'un vienne saboter votre enfance juste pour le plaisir.

– Il faut porter plainte.

– Ce qui m'a le plus marquée, c'est que cela se soit passé dans le noir. Je n'ai rien vu venir, au sens propre, je n'ai pas vu qu'il était là. J'étais une petite fille qui jouait tranquillement à cache-cache et cinq minutes après j'étais devenue le noir du parking, avec un rideau de fer qui venait de se refermer sur moi, derrière lequel je suis restée pendant des années.

Mon psychanalyste m'a expliqué que cela s'appelait être en état de sidération. Maintenant, grâce à ce travail d'analyse, je suis sortie du parking, de mon souterrain à moi, j'ai relevé le rideau de fer. Et j'ai les yeux grands ouverts.

– Vous pouvez toujours porter plainte.

– Mes yeux sont également grands ouverts sur la mort d'Anaïs parce que non, je n'ai pas oublié pourquoi je suis ici.

– N'est-ce pas aussi à neuf ans que vous avez commencé la natation ?

– Oui. J'ai eu le mal et le remède en même temps. D'un côté une petite fille de neuf ans qui subit les assauts d'une personne se donnant le droit de saboter son enfance tout en l'ignorant quand il y a du monde, et de l'autre une professeure de gymnastique qui la remarque et l'inscrit à ses premières compétitions. Nager m'a tenue en équilibre. À onze ans je suis entrée au club, Anaïs était là, ma coéquipière devenue mon amie, ma petite sirène, ma sœur de cœur, la personne la plus importante. Et vous, vous croyez que je lui ai mis la tête sous l'eau jusqu'à ce qu'elle ne puisse plus respirer, vous croyez que j'ai fait ça. Vous voulez clore votre affaire. Vous voulez en finir, appuyer sur l'interrupteur, me renvoyer dans le noir et Anaïs avec. Vous m'avez traitée de monstre, si si vous l'avez dit, seulement aujourd'hui je ne suis plus figée, je ne suis plus terrifiée, vous ne me faites pas peur, ce n'est pas la peine de jouer au cow-boy avec moi, de croire qu'avec votre ton péremptoire je vais me soumettre, redevenir cette petite fille sidérée, parce que vous le saviez, ce qui m'était arrivé, à coup sûr c'est dans votre dossier ça aussi, vous le saviez et vous avez tenté de tirer sur cette corde sensible, elle va le faire, avez-vous pensé, si je m'y prends bien elle va dire ce que j'ai envie d'entendre, elle va prononcer les mots, oui j'ai tué Anaïs Bellis. Alors, entre vous et moi, c'est qui le monstre ?

– Et vous l'avez fait, tuer Anaïs Bellis ? interrogea Aulnes.

Je cherche dans une librairie des textes sur l'eau, curieuse de voir comment d'autres personnes en parlent. De la poésie, des récits, peu m'importe, je cherche des textes qui racontent une vision de la mer, de l'océan, une respiration de l'eau qui s'ajouterait à la mienne, lire les reflets de la lune sur les vagues, les mouvements des marées, les profondeurs habitées. Mes yeux passent de titre en titre, d'une étagère à une autre, lorsque je tombe sur un livre où il est écrit *La Vie liquide*, de Zygmunt Bauman. Je le prends, le feuillette, ce n'est pas du tout ce que je cherche, il s'agit d'un texte sur la société en voie de liquéfaction avancée, un livre de sociologie politique. On est loin de l'océan, de la lumière qui fait briller les flots comme des astres, mais ce titre me captive. La vie liquide, ces trois mots, je ne peux m'en détacher. J'achète le livre. Je lis. La vitesse est le fil conducteur de cet essai, vite vite vite il faut acheter un nouvel ordinateur, de nouveaux vêtements, la dernière version de son téléphone, un nouveau corps et tant d'autres choses dans différents domaines, l'agriculture, l'urbanisme, l'énergie, si vous n'êtes pas assez rapide vous disparaissez. Internet et les réseaux sociaux proposent autant de services qu'ils créent de besoins, les applications engendrent de nouveaux espaces dont la population devient dépendante, ce sont de faux désirs, de faux besoins, mais ils sont là, sur des écrans, avec des rappels incessants qui accélèrent le temps de la prise de décision, surtout ne ratez pas la grande roue du bonheur car votre tour va passer, dans deux heures vous serez obsolète, vous, vos idées, votre corps, votre mode de vie. La peur de « ne pas » devient objet de consommation, elle se distille en nous, nous rend féroces, certains passent à l'attaque, la peur crée la violence.

Je tourne les pages, le texte est alarmant, je finis de lire, propose à Anaïs d'en faire la lecture, qu'elle me donne son avis. Deux semaines plus tard elle dit je l'ai lu, c'est périlleux ce qui nous attend, mais on peut aussi penser que la joie et le bonheur n'ont pas de date de péremption, que ce sont des données immortelles, à nous de ne pas l'oublier. Elle ajoute bon, on va dans l'eau ?

Il est 22 heures. Nous arrivons à Coco Beach,

descendons les escaliers, grimpons des rochers. Nous posons notre serviette et nous nous jetons à l'eau. Nous nageons jusqu'à la bouée qui fixe la limite à ne pas dépasser. Nous continuons de glisser au-delà de la bouée sans pour autant nous mettre en danger, nous nous arrêtons pour enlever nos maillots de bain, entre la nuit et la mer sombre on ne peut pas nous voir, nous nous aidons mutuellement à accrocher le haut du maillot à l'un de nos poignets et le bas à l'autre. Nous nageons nues, libres, les reflets de la lune brillent autour de nous. Nous entrons dans l'eau, remontons à la surface, retournons dans les profondeurs, en totale immersion. Parfois nous nous mettons dos à dos, nous allongeons notre corps pour faire la planche, nos têtes côte à côte. Nous restons ainsi, l'eau nous maintient, nous unit, nous enveloppe, nous écoutons le clapotis des vagues, nous sentons l'ondulation dans notre dos, le sel sur nos lèvres.

Nous regardons les étoiles.

La lune.

Le tracé des nuages.

C'est ainsi que je la conçois, la vie liquide.

Journal. Lucie.

– En quelques mots, comment vous décrivez-vous ? demanda Aulnes.

– Je n'ai pas à répondre à cette question, répondit Lucie.

– Pourquoi êtes-vous partie ce jour-là ?

– Je ne suis pas partie, je suis rentrée, il y a une nuance de vocabulaire et donc de sens.

– En laissant Anaïs à son sort.

– À son choix.

– Elle se retrouve seule.

– Elle se retrouve face à sa décision.

– Avant de rentrer, donc, que se passe-t-il ?

– Rien.

– Vous lui dites de regagner la plage avec vous.

– Oui.

– Donc il se passe quelque chose, au moins une discussion.

– Je lui dis de rentrer, elle refuse, fin de la conversation.

– Ou pas.

– Ou vous pouvez inventer ce que vous voulez.

– Sûrement pas.

– Il vous faut des preuves pour m'inculper.

– Je peux seulement vous déférer devant le juge, ici ce n'est pas encore un procès.

– Ah bon ? J'aurais dit le contraire.

Lucie pensa à cette phrase de Bauman : « Dans la société liquide, on est obligé de courir aussi vite qu'on peut pour rester au même endroit. » Elle se dit que c'était un peu ce qui se passait dans ce bureau par le biais de questions-réponses et qu'Aulnes, tout comme elle, courait sur un fil qui s'enroulait sur lui-même. Ils étaient dans la même pièce, emportés dans une course aux mots, mais demeuraient immobiles, ils avançaient leurs pions sans que rien se voie, comme s'ils étaient restés au point de départ.

– Mademoiselle Mandel, pensez-vous que nous sommes tous potentiellement dangereux ?

– Je ne peux pas vous répondre par oui ou par non. C'est une question vaste, et grave. Les comportements humains ne sont pas les mêmes en temps de guerre ou de paix par exemple, ils varient également selon le degré de souffrance endurée, etc.

– Croyez-vous être potentiellement dangereuse ?

– …

– Vous ne répondez pas ?

– Si je dis oui vous allez vous empresser de le noter, si je dis non vous allez me faire remarquer que je me contredis puisque je viens de répondre que c'est une question vaste qui demande réflexion.

– Vous avez bien une idée en ce qui vous concerne ?

– Mon idée c'est que vous ne ferez pas de moi, dans le procès-verbal, quelqu'un d'instable, si c'est là votre but.

– Vous est-il déjà arrivé de ne plus pouvoir vous maîtriser ?

– Non, jamais.

– Jamais de pulsions en roue libre, de colères incontrôlables ?

– Non.

– Jamais rien ?

– Bien sûr que si… Des peurs… Des angoisses…

– Des peurs qui auraient pu ou qui vous ont déjà fait perdre vos moyens ?

– C'est assez répugnant, votre façon de tordre les phrases pour que je me prenne dedans.

– Qu'est-ce qu'elles ont, mes phrases ?

– Elles ont que je ne tomberai pas dans leur piège.

– Très bien, je note… Une autre question… Vous n'auriez pas une tendance à la paranoïa ?

– Je pourrais vous répondre que vous être proche du harcèlement mais vous allez vous empresser d'en conclure, et d'écrire, que je suis quelqu'un de tourmenté.

– Oui, c'est ce que je voulais dire.

– Il y a des psychiatres pour ça. Ce n'est pas à vous de le définir.

Anaïs prend de l'élan et saute. Pas moi. Je reste immobile au bout du plongeoir, planche de ciment qui sort d'un grand rocher, à côté du Club nautique. Je regarde l'eau en dessous, je lève les yeux, fixe l'horizon, là où le ciel et la mer se rejoignent, éclairée d'un soleil puissant. Si l'âme avait une parure cela pourrait ressembler au frisson qui vient habiller ma peau, s'étirer dans mon ventre, vider mon esprit de toute pensée. La pureté au loin se glisse dans mon corps. Je suis une petite particule du cosmos qui a sa propre vie dans le monde, tandis que le monde, immense, se rétracte, glisse dans ma gorge, se loge en boule dans mon plexus. C'est d'une simplicité absolue. Si l'âme existait, elle pourrait prendre le nom de vibration. Tout le monde ressent quelque chose à chaque instant, le ressenti crée la vibration, la vibration engendre l'aura, l'aura impacte les autres, en bon ou en mauvais. Ma vibration agira encore quand je serai morte, elle sera une énergie qui continuera à se déplacer dans l'air. Peu m'importe de savoir si l'âme est séparée du corps, ce dualisme débattu depuis la nuit des temps, je n'ai pas besoin de mots, tout est fluide, mon âme, ma vibration, je la ressens, c'est une sensation égale à celle qui se déploie en chacun de nous lorsqu'on tombe amoureux. Rien d'autre. Cette vibration, c'est de l'amour. L'horizon me renvoie l'émerveillement de mon regard, la vibration naît aussitôt. C'est vrai pour l'inverse. Ma peur va faire peur aux autres, mon aigreur va faire fuir autrui, ce sont des vibrations nébuleuses, des conflits assurés. Ce qui est vrai pour un individu l'est aussi pour une nation. L'énergie d'une mémoire collective peut dynamiser une population comme lui donner l'envie de déclarer la guerre. Une communauté peut se replier sur elle-même ou offrir sa lumière. Nous sombrons trop souvent dans les ténèbres, comme un être humain entre en dépression. Nous nous agitons dans un labyrinthe telles des souris de laboratoire. Des expérimentations que nous créons nous-mêmes.

Au bout de mon plongeoir, la mer devant moi, je m'éloigne de toute théorie humaine. Je finis par sauter. M'immerge dans l'eau. Je vis je perçois j'intègre le monde dans sa globalité.

Chercher le sens de la vie ? Pour quoi faire ? Il n'y a que le sens que l'on donne, les décisions que l'on prend, les choix que l'on fait, les non-choix parfois, les blocages aussi, l'ensemble de nos actes crée une énergie unique qui trace un chemin individuel. Personne ne ressemble à personne mais de chacun émanent des sensations propres.

J'ai fini par annoncer à Anaïs que je quittais le club de natation. J'ai dit je n'ai plus envie, c'est tout. Pourquoi lui mettre dans la tête des idées qu'elle n'a pas, lui raconter que j'ai l'impression de l'avoir prise pour cible d'un accident auquel elle n'a pas participé ? Anaïs prend son élan et saute. Tout le temps. Dans tous les domaines de sa vie. Je ne veux rien freiner de son ardeur. Et puis je me suis vue, je me suis entendue, mes pensées tournées vers elle, pas très belles. Ensuite la honte, la gêne, le retrait, nager moins pour me retrouver plus. L'entraînement quotidien, les compétitions sont autant un pilier que le moyen de s'oublier.

Je grimpe l'escalier du rocher, avance sur le ciment du plongeoir, je regarde l'horizon, saute, sors de l'eau, y retourne, une deuxième fois, une troisième. Au fur et à mesure la peur du vide se dilue, il n'y a plus d'espace entre le plongeoir et l'eau, l'espace n'est qu'horizon, je le fixe à chaque saut et à chaque saut je deviens un peu plus ce fil bleu qui se dessine au loin. Me mettre sur la pointe des pieds, donner une impulsion, m'abandonner au vide, toucher l'eau, me laisser couler, les yeux ouverts sur la lumière qui plonge avec moi. Si seulement je pouvais respirer dans cette profondeur j'aurais le temps de devenir l'eau, tout comme je suis en train de devenir l'horizon. C'est comme faire l'amour, on est aussi le corps de l'autre, on est sa peau, sa sueur, sa salive, on est deux, on fait un. Puis remonter à la surface, sans rien faire. Le corps sait retrouver son chemin. Son unité. Sa propre existence. Nous étions un et redevenons deux. Avec ou sans mots. Je peux vivre en regardant le monde séparé de moi, et je peux exister en le sentant vibrer en moi. C'est l'acte de faire l'amour, qui est possible avec tout, la mer, les fleurs, la rivière, un homme, la montagne, l'architecture, la conversation, le rire, une femme, la neige, les larmes, la chaleur, le vent, on peut tout être, de deux on passe à un. D'autres fois, à force de se laisser traverser, on peut incarner la somme des éléments de ce monde.

M'éloigner un peu d'Anaïs, c'est nous donner la chance d'un équilibre, la possibilité de vivre chacune sa propre vie, sans obliger l'autre à être soi.

Car Anaïs n'est pas de tout repos non plus, elle veut, elle somme, elle dit c'est comme ça, on y va, on va là, on le fait, on le pense, on refuse, on invective, on atteint son but, sans relâche, on a des valeurs, on se fait entendre, sans trop écouter, juste entendre, on gagne, parce qu'il le faut. Anaïs est une tigresse à la chair tendre, à l'esprit direct, carré, au cœur passionné, chaque amoureux qui a croisé sa route le sait.

Et moi, à force, il m'arrive de ne plus savoir ce que je pense, ce que je ressens, je m'entortille dans son monde ajusté et concis, j'en ressors épuisée.

Journal. Lucie.

– Ainsi vous voulez m'envoyer chez le psychiatre, je vous remercie pour votre délicate attention.

– Je n'écarte aucune piste, il n'y a rien de personnel.

– Pourquoi, il pourrait y avoir quelque chose de personnel ? Ce n'est pas déontologique, si je ne m'abuse.

– C'était une façon de parler. Pour vous rassurer.

– Vous avez raison sur un fait, je me suis accrochée avec Anaïs le jour de sa mort.

– Quand vous vous êtes baignées, affirma Aulnes.

– Non, chez moi, dit Lucie.

– Quel était le sujet de cette dispute ?

– On s'est accrochées, pas disputées. Je lui ai fait part de mon mécontentement car elle avait perdu un livre que je lui avais prêté.

– Quel livre ?

– *La Vie liquide* de Bauman.

– Disputer, accrocher, encore une fois je ne comprends pas bien vos nuances. Bon, et vous l'avez retrouvé, ce livre ?

– Non… Et vous ?

– Pas durant notre enquête. C'est important ?

– Très.

– Donc vous vous êtes accrochées et…

– Qui vous en a parlé déjà ? demanda Lucie.

– De quoi ?

– Du livre. Vous m'avez dit que vous ne l'aviez pas lu mais qu'on vous en avait parlé.

– Je ne sais plus. Peut-être quelqu'un comme vous, à cette place, lors d'un interrogatoire. J'auditionne beaucoup de monde. Bien, racontez-moi votre dispute avec Anaïs.

– Je lui ai dit de faire plus attention à mes affaires, c'est tout.

– Elle l'a mal pris ?

– Anaïs est toujours prompte à une discussion, quel que soit le sujet, c'est son caractère.

– C'était son caractère. Elle n'est plus là.

– J'ai du mal à l'intégrer.

– Quand on fait du mal à quelqu'un on peut être dans le déni, ça arrive souvent.

– Je ne lui ai pas fait de mal. Au contraire.

– Au contraire ?

– Vous ne pourriez pas comprendre.

– Ça ne va pas arranger votre cas de me cacher des choses.

– Des choses ? Mon amitié avec Anaïs n'est pas une chose.

– Elle l'est devenue dans ce commissariat.

– Je me suis un peu éloignée d'Anaïs pour que nous puissions respirer chacune de notre côté, ce n'est pas un crime, que je sache.

– Respirer ?

– Oui, pour nous faire du bien, comme dans un couple.

– Vous étiez un couple ?

– D'amies.

– Avez-vous eu des relations sexuelles avec Anaïs ?

– Vous ne savez pas ce que veut dire le mot amie ?

– Oui ou non ?

– Non.

– J'ai un vrai doute, sachez-le.

– Et hors enquête, vous ne l'auriez pas trouvé le livre de Bauman, par hasard ?

– Non, je vous l'ai dit. Maintenant je vous repose la question, étiez-vous possessive par rapport à Anaïs ?

– Toujours pas.

– Ne serait-ce pas elle qui voulait mettre de la distance entre vous ?

– Non plus.

– Vous ne l’avez pas supporté, c’est ça ?

– Non.

– Avez-vous eu des relations sexuelles avec elle ?

– Quand bien même, qu’est-ce que ça changerait ?

– Donc c’est oui ?

– Qu’est-ce que vous voulez prouver ?

– L’amitié peut se transformer en amour, l’amour en passion et la passion, ça explose.

– Et ?

– Il arrive de commettre l’irréparable.

– Excusez-moi, vous parlez de moi là ?

– Qui d’autre ?

– Oui, qui d’autre, inspecteur Aulnes ?

Après ma cheville tordue, ma décision d'arrêter l'entraînement, ma mésaventure à Saint-Tropez, après surtout la mort d'Anaïs, je suis sur la promenade des Anglais, prête à l'engloutir. Je cours le long de la Méditerranée, baskets aux pieds, je cours je suffoque je transpire, la sueur colle mes vêtements à ma peau, rentre dans mes yeux, se confond avec mes larmes, je regarde la mer mais ne la vois plus, occupée à respirer, seulement cela, attraper de l'air. La sensation de n'être qu'un squelette ne me quitte plus, les os encastrés les uns dans les autres, qui s'entrechoquent à force de fouler le bitume. Le soleil se couche, embrase le ciel, orange, presque rouge, une ou deux fois je tourne la tête pour regarder mais je suis frappée, giflée dans ma chair, entaillée dans mon cœur parce que mon amie n'est pas là pour voir avec moi les flammes sublimes. Je me replie sur l'effort, m'écrase dedans, les tendons et les muscles qui me brûlent, je finis par fermer la bouche, m'étouffer à moitié, je cherche Anaïs à travers cette douleur, cette fin certaine, une mort froide, des poumons asphyxiés, du métal dans les artères. Je cours et cours encore, je cours après la vie d'Anaïs, à fuir ma peine. À fuir pourquoi ? Il faut apprendre à oublier. Se souvenir et oublier. Des points de suture. Comment fait-on cela, garder des souvenirs sans s'effondrer ? Courir, nager, tendre les muscles, allonger les jambes, tirer sur les bras, le corps fend le chagrin, l'effort repousse les pleurs.

J'ai la gorge sèche, l'air est très lourd, étouffant, une poisse collée aux poumons, dans le nez, dans le crâne, même au soleil couchant il fait trop chaud pour courir mais je continue. Au bout de la promenade, là où on ne voit plus la mer, je fais demi-tour. Il y a une fontaine, je courbe le dos, m'asperge le visage et la nuque, je bois tandis que l'eau ruisselle de ma bouche, je finis par mettre mon visage tout entier sous le jet de la fontaine, les cheveux aussi, le visage de nouveau, je ne peux plus me détacher du ruissellement, il est doux, il murmure, chuchote des souvenirs, là-bas au fond de la piscine, il y a très longtemps, je coulais et pourtant je volais, tête sous l'eau mais l'esprit déjà loin, sensation divine des cheveux mouillés, du crâne immergé, l'esprit allégé et à sa place.

Je me redresse, l'eau coule le long de mes bras, je me remets à courir, mon pouls toujours en accéléré, battements de cœur qui marquent l'essoufflement, apprendre à se souvenir c'est apprendre à respirer, faire le tri du bon et du mauvais, guérir avant la moisissure, inspirer par le ventre, souffler par la bouche, encore, encore une fois, mon entraîneur dirait allonge, étire devant toi, va chercher l'eau, ne pousse pas trop loin derrière, recommence.

Recommence. Il y a une chose qui s'appelle la persévérance. Faire dix fois cent mètres dos et recommencer. S'améliorer. Les pensées se modèlent à la volonté. Faire dix fois la même chose ce n'est pas de l'ennui. Tomber et se relever ce n'est jamais de l'ennui. Passer l'obstacle, crier victoire, jusqu'à la prochaine étape. Courir sur la promenade des Anglais n'a rien de grisant mais l'effort qui s'ensuit, qui vient taper le corps, le réveiller, le secouer, rend moins misérable face à la nuit. Et puis.

Et puis à un moment les enjambées deviennent plus faciles. Les muscles ont mémorisé l'effort, ils commencent à se dénouer, à accepter cette volonté qui ordonne, pose une direction, insiste. Les muscles, les ligaments, les nervures partis du chaos se rassemblent à nouveau, reprennent forme reprennent vie, chargés d'une énergie nouvelle, une vitalité transformée, même si rien n'est fini, même si c'est dur encore, je ne suis plus ce débris qui râpe le bitume, les joues cramoisies et les tempes gonflées, je ne suis plus cette larve dégoulinante aux mouvements désordonnés, à la respiration désaccordée. Mon corps est parfois une sonnette d'alarme, parfois un allié.

Je longe de nouveau la mer, évite les passants avec plus de facilité, je commence à entendre le clapotis des vagues, à percevoir les couleurs dans le ciel, l'orange clignote sur l'eau, des étoiles tombées du ciel. Ma respiration s'aligne à l'effort, mes bras bougent en cadence, raccordés à mes jambes, peu à peu j'éprouve du plaisir, je perçois une extension, pas seulement de mes mouvements mais aussi de l'espace qui s'agrandit, l'air devient respirable, chaud mais plus léger, le parfum iodé je le perçois enfin, je cours, j'avance, je dépasse les gens sans avoir peur de leur rentrer dedans, mes pas sont assurés, mes pieds rebondissent sur l'asphalte, mes muscles s'assouplissent, je vois le bout de ma course arriver, mon point de départ se préciser, l'endroit d'où je suis partie cassée et vers lequel je me dirige, allégée d'un poids malgré la fatigue, lavée par ma sueur et l'eau de la fontaine.

À présent je vais droit vers la mer, retire une partie de mon attirail de joggeuse, m'élance vers l'eau, y plonge la tête la première, c'est une étreinte qui vient soulager mon effort, une vague de fraîcheur qui ravive la circulation dans mes veines, une soif que la chair étanche, je vais sous l'eau, remonte à la surface, plonge de nouveau, des brasses qui me font descendre vers le sol sableux, des poissons que je croise, je me déplace dans cette eau veloutée, aérienne, c'est maintenant une absence de pensée et une présence nouvelle, celle d'Anaïs partout sur les flots, avec moi et loin de moi, ici et là-bas, dans mon cœur et dans le ciel qui flamboie, Anaïs est l'une des étoiles ou bien toutes à la fois.

Journal. Lucie.

– Lucie, nous commettons tous des erreurs.

– On s'appelle par nos prénoms ?

– Je veux vous aider à prendre votre part de responsabilité.

– Ça va être difficile.

– Je sais. C'est difficile pour tout le monde et pour toutes sortes de situations, graves ou moins graves.

– Ça va être difficile parce que je n'ai pas à le faire.

– Vous en serez soulagée.

– Vous aussi, à ce qu'on dirait.

– Je veux avancer dans cette audition.

– Vous voulez surtout la clore, la ranger, mettre le dossier dans le placard et ne plus en entendre parler.

– C'est un peu radical mais oui, parce que malheureusement vous n'êtes pas la seule que je dois auditionner. Lucie, vous comprenez pourquoi vous êtes là ?

– Dites-moi qui vous êtes.

– Inspecteur Aulnes, police judiciaire.

– C'est tout ? Vous vous résumez à un nom et une fonction ?

– Ici, oui.

– Et ailleurs ?

– C'est à vous que je pose cette question, qui êtes-vous en dehors de ce bureau ? Une nageuse déçue ? Déchue ? Une jeune femme blessée par son amie ? Rejetée ?

– Rien de tout ça.

– Non ?

– J'ai été blessée dans ma vie, mais pas par Anaïs.

– Peut-être avez-vous transféré vos blessures sur votre amie sans le vouloir.

– …

– C'est courant vous savez, je peux le comprendre.

– Quelle est la finalité de votre métier ?

– Je ne vais pas entrer dans ce type de discussion, j'insiste mais je n'ai pas de temps à perdre. Vous êtes en garde à vue, c'est grave et vous n'aidez pas.

– Pourquoi devrais-je vous aider ?

– Vous voulez vraiment être déférée devant le juge ? Parce que là vous y allez tout droit.

– Vous n'avez pas de preuve.

– Mon procès-verbal suffira.

– Je vais le dire différemment. En quoi devrais-je vous aider ? Pourquoi je ferais ça ?

– Je ne parlais pas de moi, mais de vous, de vous aider vous-même.

– Je n'ai pas du tout cette impression. Vous vous fichez complètement de moi.

– Je n'ai pas à aimer les gardés à vue, désolé. Ce n'est pas une pouponnière ici.

– C'est vrai. C'est amusant que vous ayez choisi ce mot, une pouponnière. Plus personne ne l'emploie. Mais vous, si.

– Vous préférez une garderie ? Allons pour garderie.

– Votre mère vous dorlotait un peu trop ? Ou bien elle vous a abandonné dans une pouponnière les premières années de votre vie ?

– Vous délirez complètement.

– Vous allez encore me parler du psychiatre ?

– Pourquoi pas.

– Oui, ça pourrait me faire une pause.

– Ce sera loin d'en être une.

– Allez savoir. J'ai peut-être besoin de parler à quelqu'un d'autre que vous, j'ai peut-être des secrets à exposer.

– À avouer ?

– Exposer.

Nous sommes assises au bord de la mer, sur l'immense plage de la promenade des Anglais, l'écume caresse nos pieds. Anaïs regarde devant elle, me dit tu sais, c'est beau, il est passionné. Je demande passionné de quoi ? De moi, répond Anaïs, de tout. Il a toujours les yeux qui brillent, j'aime ça. Je demande encore, il est passionné ou agité ? Anaïs souffle, elle dit il faut que tu apprennes à te laisser porter, Lucie.

Je ne suis jamais tombée amoureuse. Tomber, c'est quand un rideau de fer se referme sur soi, et ça je connais. Un jour mon cœur se gonflera d'amour, cela viendra, je sais que j'avance, qu'il y aura un moment, un instant, une seconde de renversement, parce que je fais tout mon possible pour que le métal qui m'encercle fonde sous le labeur des conversations avec cet homme, ce médecin qui est là pour m'aider à dissiper ma peur et m'insuffler une force qui se nomme la confiance.

Je me tourne vers Anaïs, je dis tu le connais depuis deux mois.

Et alors ?

Et alors tu le connais à peine.

Tom me plaît.

Oui mais c'est Tom ou Jérémy.

Anaïs continue de regarder devant elle, le jour s'éteint, les ombres se faufilent, l'écume se rafraîchit. La brûlure du jour s'évapore des galets, nos mains se referment sur la chaleur des pierres polies. Je devine qu'Anaïs n'a pas quitté Jérémy. Je lui en fais part. Elle dit d'une voix éraillée je n'y arrive pas, je n'arrive pas à prononcer ce mot, dire la fin. Je réponds il va pourtant falloir que tu choisisses entre les deux, parce qu'ils vont finir par le savoir, ces choses-là ça se sait toujours.

J'ai rencontré Tom. Un garçon aux cheveux effilés et désordonnés, qui aime la lecture, son violon, le bon vin. Un garçon aux antipodes de Jérémy. Il a les yeux qui brillent, c'est vrai, mais dans cet éclat un point d'ombre s'est glissé, son regard semble chercher sans relâche une réponse, parfois dans les airs, d'autres fois à la surface du sol, ou sur le visage d'Anaïs. C'est un regard vif et inquiet, qui absorbe tout. Ses doigts, longs et fins, aspirent la musique sur les cordes de son violon. Passionné quand il joue. Je l'ai écouté à l'opéra de Nice, son nom est Tom Paul. Il nous a invitées Anaïs et moi, c'était magnifique. Ensuite nous avons dîné cours Saleya, le soir était tombé, une nuit douce de Méditerranée, des gens qui trinquent et rient autour de nous, toujours le regard inquiet de Tom malgré sa joie d'un concert réussi. Le lendemain j'ai dit à Anaïs, Tom est une belle âme, mais tourmentée. Elle a répondu Tom est un artiste.

Maintenant la nuit s'infiltre, se pose sur la mer, se fond dedans. Surface d'ébène et d'argent, des éclats de lune se mêlent à l'eau. Les minutes s'écoulent, nous ne parlons plus, nous écoutons le ressac, il y a de la mélancolie dans ce chant, c'est peut-être à cause du soir qui, uni à la mer, chante sa prière. C'est toujours mélancolique une prière. Et puis il arrive que la nuit soit baignée de tristesse. Des gens ont le cœur serré. Je dis à Anaïs qu'il faut qu'elle prenne son courage à deux mains et qu'elle choisisse. Je dis c'est important, c'est nécessaire, autant pour toi que pour Tom et Jérémy, le mensonge c'est du venin. Elle tapote l'écume des pieds, attrape un galet, le lance au loin. La pierre ricoche sur l'eau puis disparaît. J'insiste, Anaïs écoute-moi, ne t'accroche pas à tous les amours possibles, un seul suffit, un seul c'est beau. Je mets tout mon cœur à l'aiguiller, son expression reste évasive. Puis elle dit tu as raison, je vais choisir, je vais le faire, mais pas tout de suite.

Quand je repense à cette soirée, aux mots que nous avons prononcés, aux gestes que nous avons faits, je me dis que cela pouvait annoncer les évènements qui allaient suivre, mais bien sûr nous ne le savions pas. Je ne savais pas encore que la prière et la mer argentée, la nuit et le ressac, les gens au cœur serré, ce serait moi, et qu'Anaïs ne serait plus là.

Journal. Lucie.

– Si on part du principe que vous êtes innocente, parlez-moi de ce que vous avez ressenti quand vous avez appris la mort d'Anaïs.

– C'est personnel.

– Vous souvenez-vous de ce que vous avez fait quand vous avez eu connaissance de la nouvelle ?

– Je suis restée interloquée. Machinalement j'ai allumé la télévision.

– Vous vouliez savoir si on parlait d'Anaïs aux informations ?

– Je ne sais pas ce que je voulais. J'ai regardé une télénovela à suspense.

– Pourquoi avoir choisi un scénario à suspense ?

– Dans les séries espagnoles, tous les deux épisodes, il y a toujours un personnage qui dit *Qué vas a hacer, matarme ?*

– Je vous laisse traduire.

– « Qu'est-ce que tu vas faire, me tuer ? »

– Bon… Et ça vous a fait du bien ?

– J'attends toujours cette phrase et quand elle arrive, ça me fait rire. Sauf ce jour-là.

– Qu'est-ce que vous avez ressenti ce jour-là ?

– Ça m'a fait réfléchir. Comme quoi une télénovela mène à tout.

– Et ensuite, qu'est-ce que vous avez fait, ou pensé ?

– Je suis allée marcher.

– Pourquoi cette phrase retient-elle votre attention ?

– Parce qu'elle revient toujours.

– C'est le mot tuer qui vous interpelle ?

– Non. C'est la répétition.

– Mais c'est ce mot-là que vous avez retenu ?

– Cette phrase.

– Vous vous sentez concernée par cette phrase ?

– Non.

– Vous touche-t-elle d'une quelconque façon ?

– Maintenant oui, évidemment.

– Et avant la mort d'Anaïs ?

– Elle ne me touchait pas, elle m'amusait.

– La mort vous amuse ?

– Bien sûr que non.

– Vous vous êtes déjà identifiée à cette phrase ?

– C'est-à-dire ?

– Vous êtes-vous déjà sentie en danger au point de dire que vas-tu faire, me tuer ?

– Psychologiquement… c'est possible.

– Avec Anaïs ?

– Non.

– À cause de ce qui s'est passé dans le parking ?

– Je pense.

– Vous pensez… vous n'êtes pas sûre. Se pourrait-il, avec le temps, que vous vous soyez sentie oppressée par Anaïs au point d'avoir peur d'elle ?

– Non.

– Pourtant vous avez dit que vous aviez ressenti la nécessité de prendre du recul par rapport à elle ? Comme dans un couple, avez-vous précisé.

– Oui, et c'est sain.

– Est-ce sain, pour vous, de se focaliser sur le mot tuer ?

– …

– Vous gardez le silence ?

– Je ne me focalise pas sur le mot tuer, vous oui, en revanche. Pensez-vous être une personne saine, inspecteur Aulnes ?

Je marche sur un chemin dans l'arrière-pays niçois. Le chant des cigales accompagne mes pas, la terre est sèche, blanche et poussiéreuse, les pierres alentour brûlent sous le soleil. Les feuilles sans vie se cassent sous mes pieds, s'émiettent en une fraction de seconde. Il fait si chaud que la terre, l'écorce des arbres, les amas de feuilles mortes semblent pouvoir s'embraser en un rien de temps. J'entends le crépitement de la nature, prête à prendre feu. Parfois un tapis d'aiguilles de pin offre une senteur boisée qui rappelle l'hiver, les feux dans la cheminée, la pinède en automne. Ça ne dure pas longtemps, la chaleur consume les parfums, à part les aiguilles de pin il n'y a qu'une haleine desséchée autour de moi. Je continue de monter, ma gourde à la main, si je ne me retenais pas j'en verserais tout le contenu sur mon visage et ma nuque. Je me contente d'une ou deux gorgées quand cela devient nécessaire. Et puis de l'eau il va y en avoir beaucoup, dans pas si longtemps. La ritournelle constante et monocorde des cigales est rassurante, elle donne à penser qu'on ne peut pas se perdre, elle trace des remparts sonores, mais au bout d'un moment, après une bonne heure, le chant se mue en grésillement puis en un crissement qui écorche, devient un pouls qui bat dans la tête, donne envie de fuir la horde d'insectes qui ne s'arrêtent plus d'émettre non plus un chant mais une onde pernicieuse qui vient lacérer les tympans et bourdonner dans le cerveau.

Enfin, une autre mélodie me parvient. Le ruissellement de l'eau. J'accélère la cadence, ma délivrance se tient à une centaine de mètres. Je quitte le chemin, dévale la pente, me bats avec des branches, bute sur des pierres, glisse sur des graviers, je suis trop pressée.

Puis elle est là. Devant moi. La rivière couleur émeraude. L'eau en cascade par-dessus les rochers, des piscines naturelles entourées de verdure et de pins, cerclées de pierres polies, les fonds turquoise et à la surface, une aire transparente, pure, vierge de toute marque. L'eau oscille sous la brise. Je me penche, glisse les mains dans l'eau fraîche puis me relève, me déshabille, enfile mon maillot de bain, choisis l'endroit où je vais me fondre dans la rivière.

L'endroit c'est important. Regarder les couleurs en même temps que sentir l'eau.

Ce sera ici, au milieu de l'émeraude radieuse, mais pour cela je dois monter sur un rocher de taille moyenne, prendre mon élan et sauter au centre du bassin. Juste avant je regarde les nuances de vert, m'en imprègne, puis je me lance, saute, les yeux grands ouverts. Sensation de frais, de récupération rapide, l'esprit de nouveau alerte. Mais après cette fulgurance du corps brûlant traversé par le froid, ce plaisir vif, je sais tout de suite que quelque chose ne va pas. La remontée à la surface se fait trop longue. Soudain il y a des remous. Je devine une brusque montée d'eau. Le courant m'emporte aussitôt, je me cogne aux pierres, tombe dans un autre bassin qui est beaucoup plus large, où je ne peux me raccrocher à rien. Je suis emportée, arrachée à ma propre force. L'eau s'agite, je bois la tasse plusieurs fois, je tente malgré tout de nager afin de me déplacer vers le bord, attraper une branche ou me raccrocher à une pierre. Seulement c'est impossible, le courant est épais, solide, c'est une puissance contre laquelle je ne peux rien faire. Je respire dès que c'est possible, parfois mon bras ou ma jambe se tord, je rassemble toutes mes forces pour rester le plus alignée possible au courant, sauf quand je tente de rallier un des côtés. Très vite la fatigue me gagne, essayer de garder la tête hors de l'eau demande une énergie indéfectible, or je sens que mes forces s'amenuisent rapidement. Être une nageuse ne me sert à rien. Je me dis c'est fini. Je ne peux pas lutter. Je décide de me laisser porter. De temps à autre je regarde le soleil, j'attrape une goulée d'air, je peux bien rêver que je respire sous l'eau, sauf que.

Alors que mes pensées sont en train de se détacher de la situation, j'ai la sensation d'un changement de pression. Je tente un mouvement des bras qui, s'il me demande un effort, m'offre l'émoi d'un avancement, un petit mètre. J'attends un peu, toujours prise dans le piège du courant, essaie à nouveau, cette fois j'active mes pieds, une série de battements qui font que je recule légèrement. Je recommence et là, il est évident que le courant décroît.

L'explication qui me vient à l'esprit, quand je sors de l'eau, est qu'il y a eu un dysfonctionnement du barrage hydraulique, bien qu'il se trouve beaucoup plus loin et plus haut. J'apprendrai plus tard que c'était le cas. De retour à ma voiture, mes mains tremblent sur le volant. Je conduis doucement jusqu'à Nice. Chez moi, je m'écroule sur mon lit, m'endors puis, lorsque je me réveille, les yeux fixés vers la fenêtre, une pensée ne me quitte plus. J'aurais pu mourir à cause de l'eau. Je tente de repousser cette idée, je n'en veux pas, l'eau c'est la vie.

Je me lève, découvre un énorme bleu sur ma cuisse, il est trop tard pour poser de la glace sur l'ecchymose. Je passe devant la fenêtre, regarde les gens marcher dans la rue étroite du Vieux-Nice. J'allume la radio, entends une annonce, un solo de Tom Paul. Violoniste. Tom, l'autre amoureux d'Anaïs. Le tourmenté. Celui qui aurait pu devenir fou. Un moment un instant perdre la raison. S'en prendre à Anaïs.

Les questions s'entrechoquent et les verbes se cognent.

Cesse d'avoir peur, Lucie.

Les mots c'est comme l'eau, il faut entrer dedans.

Journal. Lucie.

– Qu'est-ce que vous faites ? interrogea Lucie.

– Je prends des notes.

– Je vois bien, mais pourquoi ?

– Ce que j'écris n'est pas pour le procès-verbal.

– Pour quoi alors ?

– Plutôt pour qui.

– Pour qui ?

– Vous êtes insatiable, mademoiselle Mandel.

– Dites-le-moi… s'il vous plaît.

– Oh, je suis gratifié d'une formule de politesse, c'est très aimable.

– Vous écrivez sur moi ?

– Pas vraiment sur vous.

– Comment ça pas vraiment ?

– Ces informations sont pour moi. On apprend à chaque garde à vue. Enfin c'est mon cas.

– Vous croyez que c'est facile…

– Je ne me souviens pas l'avoir dit. Je pense même vous avoir signifié le contraire.

– Qu'est-ce que j'aurais dû faire ? Revenir à la plage comme je l'avais pensé ? Pourquoi ne l'ai-je pas fait ? Est-ce que ça aurait changé le cours des évènements ?

– Vous n'aurez pas de réponse.

– J'en ai besoin pourtant.

– On ne peut pas appréhender tous les comportements de l'humanité, on peut seulement faire sa part.

– Quelle est la vôtre ?

– J'essaie de trouver les failles, et de protéger.

– Protéger qui ?

– La population. Vous.

– Moi ?

– Oui, de vous-même. Racontez-moi, parlez-moi de ce qui vous ronge, je suis aussi là pour vous écouter.

– Je veux comprendre, je veux savoir, je veux du précis du concret du tangible ! C'est trop demander, hein, c'est trop demander de savoir comment mon amie est morte !

– Vous êtes en colère, il était temps, je n'y croyais plus.

– Pas du tout, je suis… Je suis…

– En colère.

– Ce n'est pas de moi qu'il faut vous protéger. Vous êtes débile ou quoi ?

– Vous savez que l'action d'un individu est en lien avec les circonstances qui l'amènent à faire ce qu'il fait, n'est-ce pas ? Dit ainsi cela paraît évident, et pourtant, une action est le résultat d'interactions complexes sur le plan humain.

– Je porte des poids lourds sur mes épaules, là, des tonnes de poids lourds, alors excusez-moi de ne pas vouloir rester dans le vague.

– Je comprends.

– Non, je ne crois pas, moi je suis triste vous voyez, je suis triste dans ma tête, je suis triste dans ma chair, vous ne comprenez pas parce que ça me prend tout entière, ça avale toute ma vie.

– Dites-moi ce que je peux faire.

– Anaïs n'est plus là.

– Essayons d'avancer ensemble.

– Ça me serre le cœur. Ça bloque ma respiration. Elle n'est plus là, plus jamais, pourquoi vous pensez que c'est moi ?

– Je le pense peut-être un peu moins.

– Vous êtes en train de perdre un temps précieux et vraiment, je vous déteste pour ça.

– Ne croyez pas cela. Aucune minute n'est gâchée. D'ailleurs je vais…

– Aucune minute ? Depuis combien de temps suis-je ici ?

– Justement nous…

– Parfois, j'ai envie de baisser les bras.

– Ne le faites pas.

Il fait lourd. Des zébrures craquent le ciel, tonnent dans toute la ville. L'orage d'été se prépare. Le vent souffle au-dessus de la Méditerranée. La mer s'agite, crêtes blanches à la pointe des vagues. La houle se propage, les vagues claquent contre les récifs, les nuages deviennent noirs, ils se regroupent, forment un amas épais au sein duquel s'opère une mutation. Au-dessus de la ville aussi, les nuages se rassemblent.

Et soudain, drue, rapide, abondante, l'eau tombe du ciel. Elle s'écrase sur la mer et inonde les rues, elle se bat avec les pointes des palmiers, râpe les cyprès, des gouttes comme des graviers, les feuilles plient.

Je descends l'escalier en pierre, m'avance vers la crique, une plage étroite entre les rochers. Je retire mes vêtements, reste en maillot de bain, m'approche du bord, là où la mer vient s'écraser. Je reçois les vagues en pleine tête, sur mon ventre qui rougit, mes jambes que je plie, mes pieds qui se cramponnent aux galets. Un pas en avant. Les vagues se déchirent contre moi et la pierre tout autour, elles s'élancent vers le ciel, l'écume et l'eau se déploient haut dans l'air.

Ne vous avancez pas trop près de la mer, c'est dangereux !

En entendant ce mot, dangereux, je me raidis, perds mes appuis, la mer me fauche. Je me retrouve dans l'eau, ballottée par des mouvements et des courants contraires, je me laisse porter. Puis je sens quelque chose qui attrape mon poignet, je tente de retirer mon bras sans arriver à me dégager.

Une tête, un homme, il dit il faut rentrer. Il est habillé, il a plongé habillé, je dis vous m'avez fait peur. Moi ? crie-t-il. C'est de la mer que vous devriez avoir peur ! J'essaie de voir son visage, je bois la tasse, finis par lui dire je ne crains pas les vagues, il suffit de suivre leurs mouvements. Non parce que moi je suis venu vous sauver, s'exclame-t-il. Vous n'auriez pas dû, monsieur. Il répond si, si, évidemment.

Je lui montre comment suivre le courant, comment nager dans une mer en furie, je lui dis de biais, nagez en brasse mais de biais. Il commence à s'y faire mais ses habits le gênent, de temps à autre je le soutiens pour qu'il prenne le temps de respirer. Je l'aide à retirer sa chemise, la tiens en boule dans une main. Il enlève son pantalon, l'attache autour de sa taille, il jette ses baskets qui restent à la surface de l'eau, ballottées de vague en vague.

Ma meilleure amie est morte en mer. Je lui dis ça d'une traite, une ligne droite qui sort de mes lèvres. C'est clair, c'est net, elle est morte en mer, elle n'est pas remontée à la surface, c'est fini.

Nous revenons au bord de la plage, avisons les galets dans le roulis pour y poser nos pieds, cherchons à éviter ceux qui, remués par le courant, pourraient venir frapper la chair ou écorcher la peau. Nous finissons par gagner l'intérieur de la crique, atterrissons sur la plage, pareils à des mollusques recrachés par une baleine.

Nous restons un instant allongés, à reprendre notre souffle, puis je m'assois face à la mer. Au bout d'un moment il s'assoit aussi, sourit en voyant sa chemise dans ma main. Je vais la jeter, dit-il, ou bien la garder comme souvenir. Pour la première fois je le regarde vraiment, et pour la première fois depuis longtemps je souris. Je m'appelle Camille, et vous ? Je répète son prénom dans ma tête, la sonorité des syllabes m'apaise, Camille. Je me souviens alors. C'était il y a des années. Je me souviens de la chaleur d'un moment, d'une rencontre. Elle s'était approchée de moi, elle avait dit ces mots, je m'appelle Anaïs, et toi ?

Journal. Lucie.

– On peut parler calmement, Lucie ?

– Je suis très calme.

– En vue…

– Vous croyez en Dieu, inspecteur Aulnes ?

– Aujourd'hui il y a des dieux pour tout et tout sert à se croire Dieu, alors je fais un peu attention.

– Et au paradis, vous y croyez ? Parce que si le paradis existe, alors l'enfer aussi, non ?

– Vous n'allez pas commencer à vous engouffrer dans le champ obscur de l'existence.

– Qu'est-ce que ça peut vous faire ? Vous allez m'envoyer chez le psychiatre parce que la mort existe ?

– Ou parce que je veux être sûr que vous allez bien.

– Vous pourriez vous arranger pour me rendre mon livre de Bauman ?

– C’est obsessionnel dites donc.

– Vous l’avez brûlé peut-être ?

– Oui, et le monde avec, ça vous va comme ça ?

– Le monde brûle tout seul.

– Hélas.

– Ce livre, c’est le dernier objet que j’ai prêté à Anaïs. En sport, dans les relais, on dit qu’on passe la main. C’est ce que j’ai fait avec le livre de Bauman, je l’ai passé à Anaïs, mais il s’est perdu en route.

– Et si vous le récupérez, c’est un peu de votre amie que vous retrouvez aussi ?

– Oui.

– Oui, mais non. D’abord je n’ai pas ce livre, bien que vous soyez convaincue du contraire, ensuite cet objet, comme vous dites, ne fera pas revenir votre amie. Je suis désolé.

– L’êtes-vous ?

– Nous venons de passer un étrange après-midi, vous ne trouvez pas ?

– Est-ce que vous l’êtes, désolé ?

– Tous les jours je suis confronté au mal des hommes et des femmes, à leur douleur et à leurs actes.

– Et vous n’êtes pas désolé.

– Je me suis endurci.

– Alors pourquoi vous prononcez ce genre de mot ?

– Parce que s'endurcir ne veut pas dire perdre son humanité. Vous confondez, comment dirais-je... Vous confondez certains paramètres.

– Vous gérez l'humanité avec une règle et un compas ?

– Vous m'avez très bien compris.

– Eh bien non.

– Vous êtes dans ce bureau depuis plusieurs heures, je pense...

– Et vous avez raison. Je suis en colère.

– D'accord.

– Très en colère.

– C'est normal.

– Arrêtez de me dire ce qui est normal, ou si vous me comprenez, ou si j'ai besoin de soutien.

– Regardez-moi dans les yeux et dites-moi que vous n'avez pas besoin de soutien, Lucie.

Ce matin près de la gare, j'ai rencontré Jérémy. Il portait un sac à dos. Je lui ai dit tu vas où comme ça ? Il a répondu dans le Sud-Ouest. Là j'ai percuté. Un éclair. La mémoire qui s'ouvre. Jérémy est un surfeur. Il aime débouler sur la plage avec sa planche, jauger la hauteur des vagues, s'élancer, glisser, voler. C'est fou comme le cerveau fait ses petits arrangements avec les souvenirs. Sans doute était-ce tombé dans l'oubli parce que peu nécessaire à mon quotidien. J'ai une mémoire sélective. Après les examens du baccalauréat j'ai oublié la moitié de ce que je savais par cœur une semaine auparavant.

Mais là c'est différent. C'est un constat. Une nouvelle trajectoire. La façon dont on perçoit les autres, leur vie, ce qu'ils sont ou ne sont pas. Et on se trompe. Forcément on se trompe. Car on ne sait pas tout, on ne retient pas tout, nos jugements sont façonnés par certaines connaissances tout comme certains oublis. Ces oublis forment des œillères qui réduisent notre écoute et notre champ visuel, donc notre savoir, donc notre pensée. Nous sommes sûrs que cette personne agit comme ci ou que cet évènement s'est passé comme ça. Pétris de certitudes on affirme, on sait, on certifie et on persévère. Sauf qu'au-delà de nos œillères, il y a tout un monde dont chacun de nous ne voit qu'un bout. J'avais oublié un détail et voilà que Jérémy fait un bond dans l'organisation de mes pensées. Il passe d'innocent à possiblement coupable, de gentil garçon à amant jaloux, peut-être, il a appris qu'Anaïs voyait quelqu'un d'autre, un type qui s'appelle Tom, et la jalousie a fait le reste. Pendant mon absence il a pu, aurait pu, arriver vers son amoureuse avec un grand sourire, descendre de sa planche de surf, changer sa douce expression en grimace, tirer Anaïs sous l'eau, ne pas la laisser remonter, ne pas lui laisser le choix.

Une vie peut passer de la lumière à l'ombre, ou des ténèbres à la clarté, parce qu'un souvenir refait surface. On pense détenir des réponses, disons un certain nombre de réponses et tout d'un coup changement de voie, il faut prendre une correspondance, s'avancer vers un trajet différent, une autre perspective, comprendre qu'on ne savait rien, en fait, qu'on savait mal. Revoir ses opinions à la lumière de nouvelles informations, et même sans nouveauté, revenir sur sa pensée, se dire et si ? Et l'autre ? Pourquoi je pense cela ? De cette manière-là ? Quand on ouvre un robinet l'eau qui s'écoule passe toujours par les mêmes tuyaux, les mêmes coudes d'articulation, la même plomberie. Les canalisations finissent par s'user, mais pas l'eau. Les canalisations c'est la façon de penser, l'eau ce sont les informations. Si les nouvelles informations passent toujours par les mêmes tuyaux de pensée je ne vois pas comment je pourrais affiner ma capacité à évaluer, revenir sur mes raisonnements, m'éveiller et avancer. On stagne, on ne comprend pas pourquoi, on se dit pourtant je fais bien les choses, ou je ne fais pas de mal, ou je le mérite, ou pourquoi ça se passe ainsi, ce n'est pas ce que je voulais, et qu'est-ce qu'il fait, lui ? Et qu'est-ce qu'elle veut, elle ? On cogite en plein chaos, ça fatigue, ça épuise. Cela se déroule ainsi parce que personne à l'école ou à la maison ne m'a appris à changer les tuyaux de mon cerveau, personne ne m'a appris à faire circuler l'eau à droite, habituée que je suis à la gauche, et vice versa, pendant des années. Je le comprends maintenant, il faut faire cet effort de changement de direction, régulièrement, afin d'avoir l'esprit flexible, afin d'ouvrir l'espace, pour que les idées et les opinions deviennent une structure malléable, c'est-à-dire le contraire de fixe, le contraire d'immobile, le contraire d'obtus.

Voilà le constat.

Immobile devant Jérémy je dis encore, tu vas faire du surf ? Il répond oui, je vais à Hendaye. Quand je pense que c'est moi qui vous avais dit d'aller nager là-bas, tu te rappelles ? Ou bien je l'avais conseillé à Anaïs, je ne sais plus. Je le regrette tellement, si je n'avais rien dit… et maintenant c'est fini, tout est fini, je l'ai perdue. Je me demande tout de suite c'est quoi ce « tout » qui est fini. Je dis à Jérémy on l'a tous perdue. On a tous mal. J'ajoute, je ne me souvenais plus que tu allais dans cette région, tu y as déjà été avec Anaïs ?

Pourquoi met-il tant de temps à répondre ?

Journal. Lucie.

– Ce que j'essaie de vous dire depuis vingt minutes, mais vous me coupez constamment la parole, c'est que nous allons nous arrêter ici.

– Ça y est, vous m'envoyez devant le juge ?

– La garde à vue est terminée.

– C'est un piège ?

– Vous allez rentrer chez vous.

– Je ne suis pas dupe vous savez.

– Non. Mais vous allez quand même rentrer chez vous.

– Donc c'est vrai.

– Exactement.

– Qu'est-ce qui vous a fait changer d'avis ?

– Le manque de preuves contre vous et…

– Je vous l'avais dit.

– Et votre colère qui m'apparaît sincère.

– Vous libérez les gens sur une impression ?

– Sur une intime conviction. Parfois.

– Vous me prenez la tête depuis mon arrivée pour finalement me dire que vous avez l'intime conviction de mon innocence ?

– Disons que j'ai adapté ma méthode d'interrogatoire à votre envie d'en découdre.

– N'importe quoi.

– Qu'est-ce que vous dites ?

– Je dis c'est n'importe quoi.

– Ce n'est pas n'importe quoi. Vous croyez qu'un interrogatoire se mène comme on choisit un plat dans un menu. Il y a des méthodes, des protocoles pour interroger les personnes en garde à vue, vous le saviez ?

– Ben non.

– Non, car ce n'est pas votre boulot, et puis vous êtes encore bien jeune. Donc, vous allez déguerpir d'ici.

– Sûrement pas. Je bouge pas d'ici.

– Ah, pour quelle raison ?

– J'attends que vous ayez trouvé le coupable.

– Lucie, si je vous promets de vous tenir au courant de l'enquête est-ce que cela vous aiderait ? Est-ce que ça vous permettrait de souffler un peu ?

– Peut-être.

– L'enquête se poursuit vous savez, en ce moment même.

– Vous allez m'appeler souvent ?

– Pour être sincère je ne sais pas. Il est inutile que vous nourrissiez de faux espoirs. Je vous téléphonerai à chaque fois que j'aurai du concret. C'est ce que vous voulez non, du précis du concret et… quoi déjà ?

– Du tangible.

– C'est ça, du tangible. Et moi, à chaque fois que je composerai votre numéro de téléphone, je veux pouvoir vous l'offrir.

– C'était quoi votre méthode pour m'interroger ?

– J'ai passé mon temps à vous contrecarrer, pour m'assurer que vous étiez innocente.

– Et alors, j'ai été à la hauteur ?

– Vous êtes intelligente, rapide, pertinente et casse-couilles.

– C'est moche casse-couilles comme appellation.

– Je vous l'accorde.

– Emmerdeuse c'est mieux.

– Vous êtes têtue et moi aussi.

– Vous ne voulez plus m'envoyer chez les fous ?

– Lucie, vous voulez bien sortir de ce bureau, prendre vos affaires et aller respirer l'air de la mer ?

– Si vous m'appelez une fois tous les six mois c'est sûr je vais cogiter comme une malade.

– À chaque fois que vous allez vous rendre compte que vous cogitez, vous allez vous dire stop.

– Stop ?

– Vous le répéterez plusieurs fois si c'est nécessaire. Ça peut paraître ridicule mais il se trouve que ça marche. Au début, vous allez vous remettre à penser dans tous les sens, vous continuerez à vous dire stop et au fur et à mesure, à force d'impacter vos cogitations par le mot stop, votre cerveau ralentira.

– Les neurosciences avancées de l'inspecteur Aulnes vont bouleverser ma vie, c'est sûr.

– Merci, je suis heureux de savoir que vous allez penser à moi.

– Et mon livre de Bauman, inspecteur Aulnes ?

– Promis, je vais voir ce que je peux faire.

– Plutôt que voir, j'aimerais que vous le trouviez.

– C'était une construction de langage.

– ...

– Lucie ?

– Oui. Bien sûr. Vous savez que les éléments de langage peuvent varier d'une personne à l'autre tout en conservant les mêmes mots à la même place. Donc je me méfie.

– Vous vous méfiez encore de moi ?

– Ma marge de méfiance envers vous a considérablement diminué. Merci, inspecteur Aulnes.

– Vraiment, vous me remerciez ?

– D'avoir déduit que je suis innocente. Il vous aura fallu du temps mais le temps est parfois nécessaire.

– Lucie…

– Oui ?

– Rentrez chez vous, allez respirer, nager, courir, nous continuerons de parler plus tard.

– Plus tard bientôt ?

– Bientôt, oui.

Et puis il y a l'océan. Un théâtre de sons, de lumières et de mouvements. Un état brut. Une force de la nature. Du cristal à perte de vue. L'océan, tour à tour, chuchote et rugit. Un chant qui vient de loin, intemporel et toujours présent. L'océan peut être calme, mais il n'est jamais muet.

Je suis assise sur cette plage, je regarde devant moi, à l'endroit où Anaïs a perdu la vie. Je me sens vulnérable mais je suis toujours là.

Je laisse glisser le sable entre mes doigts, fixe l'horizon, cette frontière mystique dans laquelle l'imagination, les rêves et les espoirs prennent leur envol, cette ligne magique où l'océan et le ciel s'étreignent, où l'inconnu, les mystères et les secrets se cachent et se déploient en même temps, les marins le savent bien. Je le sais bien. L'océan a emporté le secret d'Anaïs.

Je fixe l'horizon et c'est là, à ce point de fusion, que la vie devient une toile vierge, fascinante de possibilités, tellurique et liquide, où le temps se meut avec liberté, sans injonction, où Anaïs s'en est allée, vivante de sa propre vibration, bercée par le mouvement de l'eau, réconfortée à jamais sous le rose et l'orangé du soir tombant et du matin naissant.

Anaïs entre les vagues, écume à leurs crêtes, sirène dans leurs profondeurs, protectrice des abysses, des fonds marins, conteuse d'une joie nouvelle, d'une autre vie que je ne connais pas, dont je ne sais rien mais que je peux pressentir en regardant les vagues qui se préparent longtemps à l'avance, dans un chant grave. Les vagues qui se gonflent, se courbent, s'arrondissent en rouleaux immenses, s'étalent ensuite sur l'échancrure de sable avec une insondable puissance. Anaïs est là. Elle est l'eau qui vient à moi, le sable entre mes doigts, elle est sur le littoral ou dans les gouttes miroitantes, lorsque l'écume s'élève vers le ciel quand la tempête fait rage, ou bien quand les enfants s'esclaffent et s'ébrouent à la naissance des flots.

L'océan ne dit rien, ne dévoile rien, il reste silencieux sur la disparition d'Anaïs, emporte le mystère de sa vie et de sa mort, il le protège et le nourrit, c'est pourquoi, d'une certaine façon, même si le secret est gardé entre les lames des flots, Anaïs reste pour moi encore en vie. Chaque fois que je regarderai cette étendue émeraude et bleu, mon cœur sera soulagé, le vent et l'eau prendront ma peine.

Il y a l'océan. Le soleil. Le corps au soleil. La peau salée, le visage immergé, une autre respiration, des jets de lumière qui plongent dans l'eau et m'absorbent. L'océan n'est jamais le même, les lueurs, la force du vent, l'ondulation varient d'une heure à l'autre, d'une minute à l'autre. L'océan chante puis se tait. Il gronde puis revient au silence. Un silence qui parle d'une vie flamboyante, éveillée, consciente d'elle-même, un silence qui marie l'amplitude des désirs et l'exigence d'une constance. L'océan demande une seule chose, que les Hommes ne le trahissent pas. Mais ils le trahissent.

L'eau a du tempérament, du caractère, elle peut être sauvage. Elle est aussi la grâce, l'élégance, la délicatesse. L'eau m'intrigue me fascine me surprend. J'aime être surprise. La vie sur terre ne surprend la plupart du temps que par le malheur, et je suis trop jeune pour être triste tous les jours de la semaine.

Les vagues se lèvent et retombent, dans un cycle perpétuel, elles avancent et repartent, comme les marées. Nager c'est accepter le courant, le changement de cap, la course des nuages, le claquement du vent ou le murmure de la brise, le ciel sans limites qui interroge, le calme et la tempête, la brûlure du soleil et les ténèbres de la nuit, la pluie sur la mer, les rafales en bourrasques, la voix des étoiles, le vol des oiseaux qui migrent parce que c'est ainsi qu'ils survivent. Nager c'est accepter de longer les courbes de mon existence.

Journal. Lucie.

Je remercie Isabelle Marpinard pour le temps qu'elle m'a offert durant l'écriture de ce roman, ainsi que son aide précieuse.

Un immense merci à Bernard Comment, pour sa relecture bienveillante et son accueil.

RÉALISATION : NORD COMPO À VILLENEUVE-D'ASCQ
IMPRESSION : CPI FRANCE
DÉPÔT LÉGAL : AOÛT 2024. N° 156610 (179459)
Imprimé en France